文学之都·青柠檬丛书

鬼才

石厌倦　著

南京出版传媒集团
南京出版社

图书在版编目（CIP）数据

鬼才 / 石厌倦著 . -- 南京 : 南京出版社, 2022.9
（文学之都 . 青柠檬丛书）
ISBN 978-7-5533-3683-1

Ⅰ . ①鬼… Ⅱ . ①石… Ⅲ . ①长篇小说－中国－当代
Ⅳ . ① I247.5

中国版本图书馆 CIP 数据核字（2022）第 067749 号

丛 书 名　文学之都 · 青柠檬丛书
书　　名　鬼才
作　　者　石厌倦
出版发行　南京出版传媒集团
　　　　　南 京 出 版 社
社址：南京市太平门街53号　　邮编：210016
网址：http://www.njcbs.cn　　电子信箱：njcbs1988@163.com
联系电话：025-83283893、83283864（营销）　025-83112257（编务）

出 版 人　项晓宁
出 品 人　卢海鸣
责任编辑　孙海彦
特约编辑　张范姝
插　　画　赵海玥
版式设计　石　慧
责任印制　杨福彬

排　　版　南京新华丰制版有限公司
印　　刷　南京爱德印刷有限公司
开　　本　880毫米 × 1230毫米　1/32
印　　张　6
字　　数　119千
版　　次　2022年9月第 1 版
印　　次　2022年9月第 1 次印刷
书　　号　ISBN 978-7-5533-3683-1
定　　价　58.00元

用微信或京东
APP扫码购书

用淘宝APP
扫码购书

青春、大学、南京与文学之都

——《文学之都·青柠檬丛书》第二辑序

汪　政

《文学之都·青柠檬丛书》的第二辑就要出版了，它们由《青春》杂志社主办的第七届“青春文学奖”获奖作品组成，共有长篇小说四部，中短篇小说五部。

任何文学奖都有一个成长与调整的过程，现在“青春文学奖”的立场与主张已经非常鲜明了。它是一个原创文学奖；它的参评目标人群是全球在校大学生，包括硕士研究生和博士研究生；它的参赛作品语种为华语，体裁涵盖长篇小说、中短篇小说、散文和诗歌。它不仅是《青春》杂志社一家主办，同时与专业文学团体和十几所高校结成联盟，形成了一个力量强大、旨在发现新人新作的文学共同体。显然，这是一个有着自觉的文学意识的文学奖项。我曾经多次说过，虽然现在的文学奖已经很多了，但是，相比起丰富多样的文学世界，比起不可尽数的文学主张，我们的文学奖还是太少了。文学奖是一种独特的文学评论形式、文学经典化方式与文学动员路径，每一个文学主体都可以通过评奖宣示和传播自己的文学理想，聚拢追随自己的文学力量，推出最能体现自己文学主张的优秀作品，进而与其他文学主体一起组成万马奔腾、百舸争流、生机勃勃、和而不同的文学生态。所以，我们固然需要权威的、海纳百川的、兼容不同文学力量与文学主张的巨型文学奖，但更需要有着自己鲜明个性的文学奖。从这个意义上说，衡量一个文学奖是否成熟就看其是否具有自己的明确定位。就以“青春文学奖”来说，从二十世纪八十年代走到今天，中间经过数次变化调整，直至上一届，也就是第六届，才完成了这样的从目标人群到文学理想的评奖体系。如果对这一过程进行梳理和研究，未必不能看出中国新时期文学发展的流变，未必不能反映出中国文学越来越自觉的前进道路。它是中国文化走向高质量发展、中国文学制度走向现代化的典型体现。

从现当代文学史的发展来看，将新的文学生产力的生产定向在在校大学生有着文学人口变化的依据。五四新文化运动几乎是与中国现代大学制度的建设和改革同步的，高校知识分子群体是五四新文化运动的中坚，也是中国新文学的骨干。在鲁迅、胡适、陈独秀等大学教授的引领下，不仅中国新文学创作取得了实绩，确立了地位，更是培养了一批在校的青年学生文学英才。北京、上海、南京、广州、天津、重庆、武汉、成都、兰州、昆明等地都曾是中国现代大学相对集中的地方，同时也成为中国新文学的聚集地，大学的文学社团以及文学“发烧友”

是那时大学不可缺少的文化风景。后来成为共和国文学核心的人物大都是从那时的大学走出来的。这一文学人口现象在新时期文学中几乎得到了原本再现。曾经引领新时期文学风骚的卢新华、陈建功、张承志、韩少功、徐乃建、范小青、黄蓓佳、张蔓玲、王小妮、王家新等作家、诗人开始创作时都是在校大学生，而且，这些大学生作家的创作并非个别现象，像北大学生作家群、复旦学生作家群、华师大学生作家群、南大学生作家群、南师院学生作家群等到现在还没有得到系统梳理，他们对中国新时期文学的贡献和影响确实有待深入研究。

文学与其他艺术形式不一样，文学是以语言的方式表现生活，表达人对自然、自我与社会的情感与思考，从这个意义上说，写作者人文素养的高低直接决定了作品的质量。因此，从理论上说，在现代社会，只要有可能，一个写作者的学历与其创作的正相关性极大。所以，现代大学形成了在校文学写作的课程体系，创意写作已经成为一个传统的专业，而著名作家驻校写作兼职教育则是普遍的现象，至于大学能否培养作家自然也就成为一个无须争论的问题。这几年，中国许多高校都建立了创意写作专业，并已经进入研究生学历教育序列。而且，从欧美的传统看，写作越来越被看成是一个人的核心素养，所以，写作绝不是文科生的事，更不是文学专业的专属，“在各学科内培养写作能力”不仅是一种学习主张，而且已经是一种成熟的跨学科的教育实践。所以，《青春》联合中国著名高校针对在校大学生，以文学奖的方式激励和推动新生文学力量的成长是一个既合乎历史又合乎学理的选择。

在大学学习时写作与具有大学学历的写作又有差别，这是环境与人生阶段决定的。在大学学习时的写作起码有三个特点：一是作为写作者的青春属性与未完成性。在校大学生还是典型的青年人，同是又是青春的成熟期。这时的青春既是未定型的，又是“三观”走向稳定、个体趋于自信而又充满进取与探索的时期，写作者大都满怀理想，不愿墨守成规，这也是五四新文化运动与改革开放时期大学生文学带有明显的叛逆与探索的原因。第二，大学是一个学习场所，大学生再怎么自信，再怎么“目中无人”，他的学习者的身份是其明确的社会属性与阶段性生命规定，再加上学习制度的约束，所以，一方面大学生虽然不愿意为既有的文学所牵制，但另一方面，他们又或被动或主动地学习文学，这样的学习让他们能够较为系统地熟悉文学传统，掌握文学理论，成为自觉的写作者。第三，大学又是一个知识生产地，是进行科学研究的场所，是学术相对集中的地方。在这样的环境中，大学生的写作就自然地带有研究的味道，带有学术的倾向，他们许多的写作甚至带有试错的性质。

不管是从写作者的角度，还是从作品的角度，上述特征在《文学之都·青柠檬丛书》第二辑中都体现得非常明显。入选的作者从本科生到博士生，既有创意写作专业的，更多的则来自文科、理科、工科和艺术学科等各专业，确实体现了大学生参与写作的广谱性。而从作品上看，与相对成熟的专业或职业写作不太一样，他们的作品还不太成熟，即使将获奖作品与这些作者已有的作品联系起来看，还都说不上已经形成了自己的风格。一些作品的完成度还不够，后期修改加工的空间还很大。特别是，这些作品与现实社会的紧密度不够，写作者们对社会人生的思考还显得稚嫩，甚至有书生气、概念化的现象。但是，这又有什么要紧呢？如果一切已经定型，一切都已成熟，写作者们也都人情练达、世事洞明，那就不是他们，不是大学生了。一切都已完成，还有什么期待与希望？

可贵的是这些作品都是学习之作，像《光晕》《虫之岛》《长安万年》《青女》等作品都有着传统经典的影子，是向传统致敬的作品。《光晕》以科幻作为载体，对社会科层、人性进行了独到的思考。《虫之岛》是“孤岛”母题叙事类作品，以文明人来到孤绝空间的行为遭遇，思考文明的演化，探寻人的本性的多样性及其限度。《长安万年》是一篇历史小说，是一篇不仅从故事而且从文本风格上都试图回到历史的作品。《青女》有着浓重的中国乡土文学边地叙事的影子，不管是从题材还是从艺术风格上，都有着沈从文的笔调。作品写得从容、优雅，试图在复杂的人物关系与曲折隐晦的故事中寻觅社会、文化与人性的秘密。这些作品又是他们的科研之作。他们不满足于简单的学习，更不是重复式地模仿，而是试图研究传统经典在当代文学话语中的再生性，试图通过经典表达出作者新的人生思考以及在小说艺术上新的尝试。即以《长安万年》来说，作品对原型故事的借鉴，对历史风俗的描写，对古代探案桥段的运用以及博物书写，特别是注释文的加入所形成的多文本形式，并由此产生的互文衍义，使得作品变得丰富而有韵致。像这样的作品明显地有着“元书写”的研究性质。

作者们普遍表现出了探索的欲望，以及与社会写作自觉切割的创新努力。《隔云端》虽然是一部复杂的作品，却在控制上显露出令人惊讶的能力。这种控制不仅表现在对故事冲突的处理上，对多线索交叉，包括中断、接续、穿插的安排上，还表现在作为一部面貌写实的作品，在与社会相似度的距离把控上，从而使作品内容的呈现显现出了现象学的意味。《鬼才》的形式主义与探索性也具奇特之处，作品既是一部现实之作，又是一部历史主义的符号性作品。它通过对宋代历史人物与现代生活的重叠书写使作品获得了令人眩晕的恍惚，并在文本上具有了张力。它不是简单的穿越，而是以符号的方式举重若轻地实现了作者的艺术实验，从而巧妙地卸去了现实书写对他的压力。《狸花猫》也有着相似的美学考虑。只不过作品所倚重的对象与叙事技巧不同罢了。这两部作品都有跨界融合的性质，虽然它们的界不同，融合后的形态也不同。在《鬼才》，这界是现实与历史，叙事的技巧在符号；而在《狸花猫》，这界在人与动物，而叙事策略在心理分析。与它们相比，《雪又下了一整天》和《弹弓河边有个候鸟驿站》体现了少有的年轻人直面现实的勇气。作品或叙述社会底层，或聚焦重大社会问题，都有一种罕见的力量与将故事复杂化甚至极致化的韧劲。两部作品不约而同地使用了复调叙事，不仅在情节上体现出多线索的交织，同时也使主题呈现出叠加。它们的题材与主题都说不上有多独特，但是，正因为如此，似乎激发了作者另辟蹊径的决心，要以作品的复杂性和描写的尖锐度同中求异，彰显其非同一般的决绝。

所有这些都值得肯定与赞赏。这样的气质不但是大学生写作的审美基因，也是当下文学所需要的清新气息。要特别说一句的是，对已经成为“文学之都”的南京而言，年轻、未来、个性、创意等更是弥足珍贵。我反复说过，南京“文学之都”的称号自然意味着这个城市辉煌的历史，但更是对这个城市现实与未来的期许。所以，“青春文学奖”的举办，大学生写作力量的勃发，年轻的文学气质的晕染，都将为“文学之都”南京增添新的光辉。

确实，大学，南京，文学之都，没有比它们的幻化更赏心悦目的了。

作者系江苏省作家协会副主席、江苏省文艺评论家协会主席。

目　录

一

这件事一直浮现在我眼前：我祖父晏书去世的时候，我父亲晏矶道当着一群人的面说我是一个鬼才，我在这个世界上是独一无二的存在，并且，他让我坚信他的话。

我才六岁，我只知道我来的这个地方有一个大火炉，所有人穿白衣哭哭啼啼的。装有火炉的这个小屋一般人不允许进，只有我父亲晏矶道才能进。我听见我父亲在里面喊，喊我祖父的名字，他让我祖父跑快一点，不要害怕，快点跑回家，跑回家就不会被火烧着了。可我祖父穿着花袄花衣服，一动不动的，和聋了一样什么话都没听见，和哑了一样什么话都没说，任由几个戴着口罩蒙着面的人把他拽进一个大大的抽屉里。抽屉刚好让我祖父躺进去。抽屉合上，我父亲就必须出来，小屋的大门关上。

谁知道我父亲晏矶道一只脚刚迈出来，就有群人围了上去，他们脸上愤怒的表情就像护崽的母鸡，见谁都要啄。

等了很久，另外一头，一个小窗口推出来一个大瓷坛。那几个戴口罩蒙面的人大声报出号码，号码后面接着我祖父晏书的名。在这期间我见到好多人，好多穿白色衣服的人，像是放在纸托盘里一排又一排的白色鸡蛋。我祖父就是鸡蛋，他是要被孵化的，这我知道。祖父年纪大了，要重新孵化成小孩了。难不倒我的，我知道鸡蛋孵出小鸡需要很高很高的温度。

我父亲晏矶道听到呼叫后立马摆脱那群人，奔走过来，拿一块红布接着瓷坛。这是个青花的瓷坛，父亲很小心地接到怀里。哦！我知道了，我祖父晏书已经变成蛋了，是青花瓷的蛋。估计还要再拿去孵，还要送进一个抽屉里进行加热，等蛋壳破了我祖父就变回小孩了，然后就长大，又长大成我的祖父。

一直围在我父亲晏矶道身边的那群人也没闲着，一记响亮耳光甩到我父亲晏矶道的脸上。耳光声很清脆，“啪”的一声，在场所有人都安静下来。我也愣住了，我看到我父亲晏矶道脸上被打后的肌肉在不由自主搐动。

“还钱！”

异口同声的冷冰冰的语句从人群中渗出来。

我父亲晏矶道看到被吓住的我，他冲我微笑，其实他很少向我微笑。我冲他指了指，指了指他身后那群穿黑色西服的人。他又冲我摆摆手，他的脑袋不由自主晃了起来，对周围人说：“梦魂惯得无拘检，又踏杨花过谢桥。”

我父亲晏矶道说完这个话后，在场有几个人忍不住笑了，笑得好难看。一边笑一边指着我父亲，指指点点的，我不知道为什么。他们笑完之后又变回一副副凶神恶煞的脸，就算他们是母鸡，要护鸡崽，但我祖父晏书的蛋和他们没有任何关系啊，我敢肯定他们是乱啄人！他们越来越向我父亲这边收缩、靠拢，我父亲晏矶道还是笑，笑着笑着干脆坐了起来，坐在地上，脱下了他身上的那件白色的长布衫。然后，他不笑了，他很严肃，他把我祖父晏书的青花瓷蛋放在正中间，盯着这个蛋看。脸上的表情一会难过一会开心，停顿了一段时间，就伸手去把蛋的盖打开。

蛋里面不是蛋清和蛋黄，是灰，还有温度，我能看见热气。

我哇的一下就哭了，我号啕大哭，可我不知道为什么哭，我只是觉得我父亲伤害了我的祖父。我的眼泪稀里哗啦淌出来，和声音一起越来越响。我的耳根子却又前所未有清净，我在前所未有的寂静中听到了我母亲小鞶的声音："老头晏书已经不安稳地走了，留下他脑子不正常的儿子和孙子。这两人的精神有问题你们也看到了，笑也笑过了，这钱呢，没有。如果你们真的想要命的话，那就赶快，趁着地方直接火化掉，早点去占一块墓地。"

电子鞭炮在噼里啪啦作响。

我母亲小鞶的声音依旧坚毅，她说话向来不紧不慢，在这么混乱嘈杂情况下她也是这样，说："欠的钱我们心里有数，钱我们一定是会还的，但你们得宽容一段时间。这父子二人精神都不正常，属于残疾人的，你们可以看出来，凡事都讲究一个期限。如果你们不好交差的话，这坛骨灰暂时拿走，老人晏书还算有点名望，能在你们那抵上多长时间就抵多长时间。”

在我母亲小韉说完话不到两分钟的时间里，那群围在我父亲晏矶道身边的人就全不见了。我不知道发生了什么事，我母亲小韉说的话我也听不太明白，我只知道哭。我母亲也不管我，弯腰拾起盖子，把这个青花瓷蛋盖起来。

我父亲晏矶道，他直起身来，身子颤颤巍巍。他的模样很是奇怪，脸上通红，还粘连着很多很多灰。估计被烫了，这些灰温度很高。然后他就开始喋喋不休，说的全是文言词。我父亲向来都是这样，日常生活中也是这样，他嘴里每一句话我都听得真切，但是我就不理解这些词是什么意思。我母亲小韉对此没有过任何的不适应，她拍拍我父亲，我父亲拍拍我。我父亲拍完我后蹲了下来，看着我。我脸上还有泪痕，刚才哭过的。他摸了摸我，还拍我的头，然后又摸了摸我的脸，他郑重其事地告诉我：“吾儿天资聪颖，为父笃定乃泣鬼神之才。”

我父亲晏矶道还不满意，又接着说：“莫泣，吾儿切记，人生须尽欢！”

我仍不知道什么意思，似是非是点点头。看到我点头，我父亲晏矶道这才心满意足，抱着我祖父晏书的那个蛋，身子颤颤巍巍，迈着他那奇怪的步伐，站也站不稳。我们一家三口就这样从这大火炉旁离开，周围人的注意力打一开始就一直停留在我们家，我早就发现了。我不明白这有什么好看的，大家都是来孵蛋的，我不好奇你家的，你反倒好奇我家的。

路上我父亲晏矶道他又自言自语，说了很多话。他肯定不是说给我听的，因为我听不懂，我只是偶尔能猜出一两句。我母亲小颦应该听得懂，但是她也不在后面接话，此时我母亲只在意周围人的目光。

我父亲陷入沉思，深思熟虑的那种，然后嘴巴里像生蛋一样“噗”出一句：“欲将沉醉换悲凉，清歌莫断肠，落花人独立。”

回到家，我父亲和我母亲就开始不约而同地收拾东西。接连几天，都有人往我家来，好像已经谈妥当，要将我们住的房子卖出去。黄叔黄庭间是我父亲的好友，大老远开车来我们家，他试图劝阻我父亲这样做。他表示他有方法能解决我家当下的问题，可我父亲晏矶道总是摇头拒绝，他意已决，不愿意接受任何好意。

锅碗瓢盆，油盐酱醋，衣裤被褥，反正零零散散的都已经装点完毕。能带走的我们都带走，不能带走的就看看黄叔的车能带走多少，让他带走。实在带不走的，就转手便宜卖了。

我又大哭一场。因为我黄叔黄庭间什么都没要，唯独要了我的快乐——陪伴我成长的鱼缸。我父亲把鱼缸拆下来，里面的水都放掉，他们俩合伙，小心翼翼地将鱼缸装进黄叔他车后备厢。我伤心，鱼缸里养了很多五彩斑斓的小鱼，我都认识的。十八条鱼，每一个都有名字的，我不知道还有没有机会在后面一一罗列出它们的名字。我和它们是天天说话的，其中我的年纪最大，它们把我叫哥哥，我把它们叫弟弟。它们陪伴了我很长时间，感情很深。我父亲晏矶道坏得要死，他不听我的话，执意要把鱼缸送给我黄叔，还把里面的鱼弟弟们装进一个很小的容器，一同让我黄叔带走。鱼弟弟们在小的空间里拥挤着，嘴里还在喊我的名字。我也呼唤起了它们的名字，我们知道彼此离开就不会再相见，我在这时候哭了。

我父亲看到我这副模样，眉毛一挑，他走过来，言道：“且尽眼中欢。”

这副想要安慰我的模样，真讨厌！

我父亲晏矶道是伤害了我祖父晏书的，他害祖父不能长大，他让祖父不再是我的祖父，让我再也见不到我祖父了。现在他又把我的鱼弟弟们送给一个不爱它们的人。黄叔黄庭间虽然和我父亲关系不错，但是我不相信他能把我的鱼弟弟们照顾好。我没得选，我父亲给我的另一个选择就是直接倒进马桶里或者扔进垃圾桶，本质上都是丢弃，这个选项对我来说太残忍了。如果我真的这样做，恐怕鱼弟弟们就只能和我爷爷一样，变成一个一个的小鱼蛋了。或许，也许有另外一个名字，死。

鱼弟弟们不能变成蛋，我的鱼弟弟们是会飞的，它们还没有到祖父的年纪就不会变成蛋。它们一定会飞到天上去，鱼在水里是会被淹死的，这是它们告诉我的，我相信它们。

我从母亲小颦那里得知，我们一家人再也不会回来了，我永远也见不到我的鱼弟弟们了。我们要去农村老家，去和老家的祖母生活在一起。时至今日，我才知道我家有个祖母，我一直以为我只有一个祖父。这让我对我祖母有了幻想，好像别的孩子都有祖母，就我没有。我从来没有问过我为什么没有祖母，好像是我心里一直都知道我的祖母住在一个遥远的地方。

秋悄悄，夜迢迢。

光在火车上就坐了一天一夜，我难受极了。空间是拥挤的，土地是坚硬的，往哪钻都不好钻，就硬挤而已。好不容易下了火车，又要坐上大巴车，坐完大巴车坐面包车，等交通工具都坐完，还要走路。顺着这条好窄好窄的水泥路走，大概半个多小时才能到我祖母家。直到这时，我才有了农村的概念——平日里我所见的高楼大厦全都没有了。周围只有随意生长的灌木丛，和那些本来就该有或者本来就不该有的绿色点缀。车子消失了，路上没有一辆车。说不上来，这里呼吸好像是更顺畅一点，目前来看我很喜欢。我祖母家的房子就像一个庙宇，好像是古老的房子，我在公园看到过。那种瓦，暗红色的瓦，边缘和尾巴一样翘起来。门口有一个老人家在等人。这老人家穿着暗红色的衣服，满脸的喜悦，很慈祥，我喜欢这个老人家，她也许就是我的祖母。父亲突然脚步加快，抢在我面前和这个老人家交谈，她肯定就是我的祖母。

我父亲晏矶道他在我祖母耳边嘀嘀咕咕，话说完我祖母就向我投来同情的目光，我不明白为什么。反正我的祖母立马比刚才热情十倍地呼唤我，她喊我，她也想让我快乐，把我拉进她怀里亲热。她用手抚摸着我的脑袋，心疼她的小宝贝。

临近傍晚，远方晚霞如同抛洒出的稻谷。不对，分不清是什么了，因为所有的都和稻谷融为一体了。不知道是不是夕阳余晖的原因，或者本来就是这样，稻谷不再是那种金黄色。也是金黄色，只不过是偏向那一种秋天柿子成熟的红色了。这是我第一次和我父亲行至田野间，他嘴里说的话我不在乎，他从来没有和我认认真真说过话。我只知道土地是结实的，长了很多草，我对路过的每一个人都打招呼。挎着提篮的女人都是我的婶婶，赶牛的老农是我的祖父辈。那只被赶的水牛舌头伸进了鼻子，不停地来回戳动，很奇怪。

这牛的动作尤其让我新奇，也学着舔了舔自己的鼻子。

或许是因为这个原因，我才打了第一个喷嚏。

我父亲晏矶道非要让我和他一起去逛逛，路两边种满了树，他告诉我说："云杉者，吾自余幼时即植于此地也，历百余年，坚韧矣。"

云杉树旁边就是种满水稻的农田，一排几十棵的云杉树林成了最亮丽的风景线。

我就喜欢这样的树，我还想着有一天能够变成这样的树。

过了一会儿，我打了第二个喷嚏。

我还打了第三个，也是最后一个喷嚏。

我打喷嚏总要闭着眼睛，就和鱼吐泡泡要睁着眼睛一样。我讨厌这种感觉。鱼在水里打喷嚏是会溺水的，水和小珠子一样会钻进鱼的身体，不知道要干什么。等我再次睁开眼睛仔细一看，我看到一只死龙虾泛白的躯壳安静地躺在云杉树底下，这就让坚信一天有二十八个小时的我幻想出了远古恐龙大战时的场景。

两只庞然大物用自己的肢体在互相碰撞，头撞头，然后张开大嘴撕咬，我总是在意这些非常帅气的食肉恐龙。也有食草的恐龙，也会打架。食草恐龙打起架来更有意思，因为食草恐龙身上总会有着自保的武器。但我不喜欢，怎么说呢，我也说不上来，反正食草恐龙被打败之后，就躺在地上，什么都不做。这只龙虾肯定就是被打败之后的龙虾，只有打赢了的龙虾才会继续去打架，而不是躺在这儿什么都不做。

我在幻想的情境中也没有过多停留，这仅仅是我的一瞬间，可我父亲晏矶道发现了什么，他好像发现了我在幻想。没等他开口，我反倒有问题要向他发问："恐龙被打败了就和这里的龙虾一样，剩下一个壳，一动不动。死，就是死了，对吗？祖父不会再回来了，一动不动，祖父就是死了，对吗？死了就会变成蛋，等着再孵出来，死，是很可怕的一件事，对吗？"

我父亲晏矶道不说话，他只是拍拍我的肩膀让我转过身，他的意思是回家。我心里其实有点想法，我也不指望我父亲能回答我，即便他回答了，也是我听不懂的话。该回家了，时候也不早了，这一天倒是很漫长，渐行渐远中好像又听见了一个孩子打喷嚏的那种稚嫩声，不是我。声音很空灵、悠然，我听着很喜欢。

晚上的我还是被那龙虾泛白的壳所震撼，我还是有我的想法，我对我母亲、我祖母手舞足蹈，我内心的那种激动还不能平静下来，我说："龙虾一定是霸王龙的儿子！"

我母亲小鬈用一贯的平静语气回我："那龙虾的儿子是谁？"

我被这一问陷入了沉思，我不知道怎么回答，我想不到一个很好的答案。其实我有想过是螃蟹，但还是否定了这个想法，因为螃蟹比龙虾的体型要大一些，扁一些。突然，我狂喜，骄傲地对我母亲大声说："是小虾米！那种透明的小虾。"

我母亲小鬈嘴角如同推拉门一样跑到脸中央，我不知道她为什么对我的回答发笑，她说："龙虾的儿子还是龙虾，这是不会变的。"

我不理解，我觉得不对。肯定不是龙虾，或许有其他什么东西，只是我自己不知道而已。这世界上的恐龙太多了，有些我能叫上名字有些我叫不上。龙虾也许不是霸王龙的儿子，也许是在水里的恐龙的儿子，天上飞的鸟肯定是翼龙的儿子，水里的鱼肯定是鱼龙的儿子，就像我是我父亲晏矶道的儿子一样。我还在思考，我母亲脸上的表情却凝重起来，眉头紧锁。这种表情我见过太多了，这样的表情她做过太多次了。我父亲也这样做表情，我祖母第一次见我的时候也是这表情，世界上的表情都是相通的。我都猜到她在担忧我了，因为每次她做这样的表情都会和我说一句话："开心一点吧，早点睡。"

每个人都想让我快乐，我母亲小鬈也是。她示意我早点睡，明天要早起，她明天要带我去和村里的孩子一起玩。我临闭眼之前还要嘟嘟囔囔几句，我嘱咐我母亲小鞶说：“那你记得要叫我起床，现在鱼弟弟们不在我身边，我一天只有二十四个小时了，时间是很快的呀！”

没有来农村老家之前，就是在昨天，我家还是在一个小区，在好几十层的楼上。家里有个鱼缸，里面有十八条小金鱼，它们是我的玩伴，也是我的弟弟。毕竟我父母很长时间都不在家，我一个人，只能是鱼弟弟们陪我玩了。鱼弟弟们告诉我它们的故事，它们说的话我都相信，我也愿意和它们交流，所以我这才往鱼缸里扔手表。

我母亲小鞶很快就发现了，当时她是这样问我:“为什么在鱼缸里放手表？”

我大睁着无辜的小眼睛，我说:“我是为了让小金鱼们知道时间，让它们有时间观念，知道一天有四个小时。”

我母亲又问我：“为什么鱼一天只有四个小时？”

我说出了让我母亲表情很奇怪的话：“因为我只能陪鱼弟弟们四个小时。我和爷爷回家四个小时后你们才回来，你们回来我就要陪你们了，不能陪鱼弟弟它们了。我就想让它们有时间观念，不能耽误我们一家人在一起的时间。”

我母亲那时就和现在一样，沉默不语，她不知道该说什么好，就是摸摸我的头。不知道对不对，我觉得她在维护我父亲，因为我觉得我父亲晏矶道是不负责任的人。我母亲去上班工作，可我父亲却什么事都不做。我父亲他不上班的，他白天出去玩乐，晚上接我母亲一起回家。他从不在家里陪我。可把我一个人关在家他又不放心，祖父晏书在大学里教课，我只能跟着祖父一起。

农村里的太阳好像比城市家里的要早一些，公鸡一打鸣，光亮就瞬间跑出来，一天就要开始了。我明白了，我好像明白为什么会这样：太阳呢，就是鸟哇，公鸡也是鸟呀，都是翼龙的儿子。就算不是兄弟，也肯定是亲戚。亲戚的话，鸟和鸟见面就要说话的啊，所以公鸡才会打鸣。公鸡和太阳隔着那么远，就只能叫得那么大声，打鸣才会这么响的。听到呼唤，太阳不就走得更快了吗?

我才不是那种赖床的孩子哩！我母亲小鞶来叫我之前，我脸上就冲劲十足，没有一丝困意。穿上衣服，洗漱完毕，我母亲就给我一个煮鸡蛋。一提到这个鸡蛋我就又想起我的祖父，我吃不了这个鸡蛋，我不想和我父亲晏矶道一样，说什么我也干不了这样的事。我母亲看我不吃也没办法，扔给我父亲，他果然还是那样，快快乐乐的就把蛋给吃了。真令人讨厌。我母亲牵起我的手，带我出家门。这和父亲一起出去的感觉不一样。我母亲小鞶话多，她叮嘱我怎样和别人交流，和小朋友在一起玩不要起矛盾。然后她就突然想到了什么，一反常态，她向来都是镇定自若的，此时却一惊一乍，自顾自地说：“对啊，你爸爸他说得对呀，我儿子是个鬼才，他不是有病啊，他只是能想别人永远也想不到的东西啊。”

天上云只有三朵，鸟儿有一只，太阳有一个。鸟儿没准和太阳在讲话，没有搭理底下的人。很热，我是这个意思。已经过了立秋，天气还是很热。我的手和我母亲小鞶的手像是两个粘滑滑的果冻碰撞在一起，但是我母亲没有放开的意思，仍然是想着自己的事。我看到前方有两个孩子，一个男孩，一个女孩，身高和我一样，年龄我不知道。

我母亲小鞶也看到他们了，嘴角的推拉门又开始工作了，微笑，然后招手让那两个孩子看到。她有股自信的意味，我不理解，她开口："过来过来，孩子们过来，我来考考你们，你们知道你们是谁家的孩子不？"

那两个孩子果然来了，可他们的目光很少在我身上停留，他们关注的是我母亲。靠近过来，我才有个细致的观察：女孩是瘦的，皮肤很白，我早上没吃的煮熟鸡蛋的蛋白，透过来，我看见她下颚附近一根绿色的细血管；男孩脸有些圆，圆脸蛋，我早上没吃的剥出来的完整的煮熟的鸡蛋。转过去，我记住了他的脑袋后留着一个长长的辫子。这叫长寿辫，这里童年时期的男孩子总要留这么一根。他们没有直接回答我母亲的话，只是两个人走过来盯着我和我母亲，我母亲又自信地说："不知道吧？我就知道你们连自己家的大人是谁都弄不清楚。"

"胡说！我们当然知道，就是不告诉你！"

母亲这时候用手拍了拍我的肩膀，我好像领会到了什么，这就是我母亲聪明的地方，我立马就自报家门："我叫晏羽，我是晏矶道的孩子，你们可以叫我的小名小鱼儿。"

二

这两个孩子看着眼前说话声音洪亮名叫晏羽的男孩，这男孩留着一个蘑菇头，头发又黑又亮，说着一口流利的白话。他俩莫名觉得有些不好意思。孩子们的话语都是需要引导的，假如去强迫一个孩子说什么，孩子是不会说的。倘若另外有一个孩子抢先说，那么他们就变得积极主动起来，也愿意说了。

“我叫雅玲，他叫明科。”

友谊其实就是这么简单，知道谁叫什么名字，友谊就出现了。不需要为这个友谊付出什么，三个孩子就能无任何障碍地聚在一起，他们自有他们的乐趣。晏羽在欢呼，在奔跑，也管不上自己的母亲，如鱼得水的自在。把一行人都甩在自己的身后，他就想把他们都甩得远远的。

“来呀，来追我呀，你们两个也太慢了，根本就追不上我。”

两个孩子也不甘示弱，拼命追赶上去，想法很简单，就是想用手触碰晏羽的身体，这动作意味着抓捕。他们就是通过这样的形式越跑越带劲，越跑越兴奋，还高兴。

云随雁字长。

三个孩子忘了头顶上飞过的大雁，只注意那边的夕阳将要沉没水中，长长的河流，嵌上薄金一片。河流远端，两根木桩插入河底露出水面高高一截，高过河堤，高过河堤旁边的云杉树。这样的高度像是旗杆，但就光溜溜的一根一根矗立。太阳就在它们中间，像筷子去夹花生米，花生米滚动，从筷子头滚到筷子中间。

“那是什么？”晏羽问。

“木桩。”雅玲回答。

“那是龙门。”晏羽念道。

“什么龙门？”明科问。

“鲤鱼跃龙门！”晏羽大呼，“我们得马上过去！”

雅玲看着被水面吃进去的太阳没有了光辉，她认真地说：“太晚了，我和明科要回家了。”

晏羽不知道自己为什么想去，反正是种好熟悉的感觉。在他眼里这不是两根平行的木桩，明明是一座门，他认为这就是门，天门！神仙会来的，神仙会通过这个门来到凡间。临江仙？莫名其妙的词。这对晏羽有致命的吸引力，像是蜜蜂对花蜜，必须要去；像是飞蛾扑火，必须要去。去了之后干什么？不知道。晏羽就想看着这个门，他就想跃过这个门。回家前他还恋恋不舍，和雅玲、明科要求明天还要来，明天一定要去看看这个龙门。

回到家，晏羽发现家里多了一个人，他父亲晏矶道在晏羽进门的一瞬间就把他拎过来，拎到这个客人面前，三个字：“二伯父。”

晏羽也明白是什么意思，立马就叫人问好：“二伯父。”

晏羽叫完人后，他对眼前的这个二伯父有股奇怪的感觉。不知道为何感觉两个人高度契合又彼此熟悉，可他们才第一次见面。二伯父也频繁看向晏羽，眼睛里透露的全是父亲般的关切。在这样的目光下，晏羽一个人羞涩地跑去房间。透过半掩的房门，晏羽看到客厅里就剩下他父亲晏矶道和他的二伯父。二伯父刚才见晏羽的时候还面露笑容，可等晏羽一走，便满脸愁容，随即不停摇头。嘴巴里时不时也出一两句声，组合在一起，也就成了一个完整句子：“你说你呀，不是二哥我说你，爸走了也是不幸中的万幸，我一点都不心疼，至少不用看他最疼爱的小儿子如今落到这步田地。人就要踏踏实实一点，你怎么能炒股票呢？你炒股票你就该知道会是这样的结果啊，永远玩不过幕后人的。”

晏矶道低头不说话，父亲晏书当时是肺癌晚期了。癌细胞已经扩散，病灶也已经进了内脏，再好的医疗手段也只能延缓短暂的寿命，根本无力回天。晏矶道是不想放弃治疗，哪怕是根本救不了也还是得治，花钱能买到短暂的寿命是值得的。但他那时已经没有多少钱了，炒股票是晏矶道能想到的短期内获得超额回报的唯一方法。而且他知道他的好朋友郑狭和吴乌至一直都倾身在这方面，对股市颇有研究，有自己独特的见解。可事实是晏矶道不但没能如愿以偿赚钱，自己父亲晏书还因为扛不住癌痛，去世了。

好朋友郑狭、吴乌至那边，赔了个精光。不知道是不是自觉对不起晏矶道，还是因为数额太过巨大无法偿还，反正他俩心甘情愿入了狱。

那晚，晏矶道做了很多梦，梦里他还是那么意气风发。等到早晨醒来，什么都没有，梦魂纵有也成虚。睁大眼睛仔细看看四周，身旁躺着的是妻子小颦，幸好，什么都可以失去，唯有小颦，有小颦陪在自己身边就踏实。屋外全是走路来来回回的声响，儿子晏羽今天早早起床。鸡叫了，声音拖得好长。阳光是从河流里爬出来的，湿漉漉，很清冷。小颦知道儿子晏羽这么早起来要干什么，她也起床，她需要告诉儿子一些事情。这时候的晏羽还不知道母亲要告诉他什么，雅玲和明科还等着他一起去看神仙。当母亲出现在他面前和他说完话的那一刻，晏羽感觉自己的天要塌了。

“儿子过来，有话要对你讲。”小颦坐在床上，招呼着晏羽过来，嘴里语气平缓地说道，“你这么大了，该上学了，昨天和你一起玩的朋友们他们都在学校里念书。”

绝望如膜敷在晏羽面前，晏羽被蒙住面，眼前发黑，什么都看不见。晏羽是很抵触这件事的，因为晏羽的鱼弟弟们告诉他——老师这个东西很可怕。鱼弟弟们说它们的老师教它们成为一条合格的鱼时，不能出错，一旦出错，老师就会把不合格的鱼弟弟吃掉。真正的鱼，在自然的环境中，从小就得遵守优胜劣汰的法则。晏羽就不这么认为，他和鱼弟弟们沟通的时候，说出了最不像他这个年纪说出来的话："老师真是可怕！要算年龄的话，你们老师的年纪还没有我大。老师是不能教你们如何成为一条真正的鱼的，老师只能教如何成为和它一样的鱼。鱼不仅仅只有一种模样，每条鱼努力生长着就是一条真正的鱼了。"

鱼弟弟们全在水里快速吐泡泡，异口同声地说："我们也不认为我们的老师说得对，因为我们这些鱼从小就知道自己有机会成为龙，跃过龙门，就能成为全身布满金色鳞片闪闪发光的龙。到时候，我们就有能力造福别人，去救人。我们注定不会在水里的，在水里会被淹死。我们属于蓝天，会在天上飞，我们鱼的翅膀天生就是要在天上挥动，这是我们祖先龙留下来的血脉本能。"

晏羽顿时想去搞清楚，鱼弟弟们说的布满金色鳞片闪闪发光的龙究竟是哪一种。是不是远古的恐龙？这对晏羽来说太难了，但晏羽可以肯定学校的老师绝对不会知道，甚至都不会相信有龙。

祖父晏书在世的时候，晏羽也算是受到了祖父的宠爱，万般由着晏羽，不想去学校就不去，祖父在家自己教。晏矶道看到父亲晏书这样坚持也就不强求了，小鞶那时候也不强求。就这样，所以如今晏羽被告知去学校就更加无法接受。小鞶不理会儿子晏羽的苦恼，她认为只是一个不懂事的孩子在叛逆。对付叛逆不听话的晏羽，小颦不许他出门，不许和明科、雅玲他们玩。

晏羽又气又不甘心，可他又无能为力。他把自己关在房间里无所事事，眼睛盯着房间的那个日光灯。身子一动不动，就这样无神地注视，光亮能随眼睛的聚焦忽明忽暗。在忽明忽暗的环境中削弱了窗外月亮的作用，月亮的光亮不足以产生比灯光更加诱人的吸引力。至于远方，窗户外面的远方，黑幽幽一片。都说了月亮没有作用，它上班不积极，还不如星星。不知道为何天上出现了一个特别亮的星星，即便是这样，一颗星星也照不亮树木本来的颜色。

房门打开，晏羽看到他父亲晏矶道进来，是房间里通亮的日光灯出卖了他。晏矶道进来就说：“何不就寝？”

晏羽能猜到这话什么意思，无比认真地回答道：“等月亮睡着了我就去睡。”

晏矶道则摆出一副什么都知晓的神情，有一种掌握全局的气势，他说：“恐有他想，心思他处，适才夜不能寐。”

看到晏矶道此时什么都知道的得意的模样，晏羽气不打一处来，他早就看不惯他父亲晏矶道这不可一世的样子。晏羽语气变硬，气冲冲地说：“老是说些我不懂的话，你能好好和我说话吗？我不想去上学，就和你不想去上班一样。你不去上班我为什么非要去上学呢？你就是这样，你一点都不想让我开心，我一直都讨厌你。你先是吃了爷爷的蛋，爷爷不能孵化长大了，然后你又送走了我的鱼弟弟们。就是你，你让我没有了爷爷，又没有了弟弟。”

听到晏羽说的话，看到晏羽说这些话的神态、语气、动作，晏矶道定格了。这不是他预想的结果，或者说他没想到他在儿子晏羽心中，居然是这样的形象。他没有说话，在这干坐着，眼中无神，盯着那个日光灯，光亮能随眼睛的聚焦忽明忽暗，窗户外的远方，还是黑幽幽的一片。

没过太久，晏矶道就黯然离开。之后，一家人就再也不向晏羽提去上学的事情，晏羽又可以出去玩了。晏羽当然还是惦记着那个龙门，他小跑着高兴着，然后他失落了。晏羽突然意识到他和小伙伴们只玩过一次，他不知道小伙伴们家在哪里，一时间顿感失落。晏羽就只能在一开始碰到雅玲和明科的地方等，等着和他们再次碰面。可是要刮风了。已经刮风了。风向是从左到右的，在晏羽的认知里看是这样。晏羽没有方向感，不知东南西北，他只知道面前的挺拔高耸的云杉树，被风吹动，左右摇摆。黑色的云，一团一团如同塑料烧焦的黑烟，又呛人又难闻，太阳不喜欢闻这味，便无影无踪。

晏羽高兴不起来了，甚至比刚才更失落。

这些雨肯定是通过龙门下来的，神仙想要下来就必须借助风雨，乘风而来。晏羽气死了，因为小伙伴们会被那冷不丁的雨点吓得不敢出门。

一连三天，大雨滂沱。

晏羽就等同于被母亲小鞶不允许外出一样。这期间，二伯父反倒是来来回回好几趟，还会很关心晏羽，这远比只会让晏羽生气的父亲晏矶道要好得多。但每次都是高高兴兴来，垂头丧气离开。大雨停歇之前，晏羽他二伯父来了最后一次。巧了，二伯父离开是下午三点，刚走就天晴。雨滴快速渗入了地底，神仙和来时一样，乘风而来乘风而去。

太阳又出来了，晏羽盯着，看得很清楚：太阳是一只三只脚的红色的鸟。难怪鸡想和它对话，公鸡那红红的鸡冠，肯定和太阳有某种关联。晏羽还知道，雨滴渗入地底下会变成雨，又会接着哗啦啦往下落。别看很多雨滴汇集在一起可以保持液体的形态，其实迟早会渗入地底下形成雨，会在底下的天上落下来的。

在晏羽的认知里，他和所有人住在一栋大楼中的一层。因为天上有一层住神仙，神仙底下住着我们，神仙头上还有一层住更加厉害的神仙。以此来推，反正就是有很多很多层的楼房，高楼大厦般不断往上摞。这一层有雨，就像楼上有人泼了水往下淋一样。淋了一层又一层，这一层的雨还会继续往下走。只不过天上那一层是神仙，他们有办法到底下人的这一层来。这一层的是人，还不知道有什么方法往更低的那一层去。

晏羽又出来了，吸取上一次的教训，晏羽缠着他母亲小颦，得到了雅玲家和明科家的地址。有了母亲的指引，晏羽的脚步飞快许多。一到水泥路就慢下来了，水泥路上还残留着雨水，雨水铺在地上。晨曦不知道为什么把这一摊摊变成了一个个，具体一点说就是，一摊水变成了一个镜子。那些铺满水的地面又如同镜面会反光，晏羽的眼睛被闪烁得刺疼，根本看不清楚前路。此刻的晏羽感觉脚下清凉，像是踩在冰上。冰冰凉的感觉又像是打磨抛光的冷金属，明晃晃亮堂堂，这是一条被银子铺满的路。

这三只脚的红鸟，也就是太阳，跑得飞快。早起的鸟儿有虫吃，估计也到吃早饭的点了。温度升起来后露水就没了，这便是太阳的早饭。地面上的水也被太阳吃了，这三只腿的红鸟食量真大，要是晏羽的话，他可吃不了这么多。这样也好，至少不被这反光晃眼睛了。雅玲家的房子在水泥路旁边，这一路都是人家，很热闹，雅玲家里有一个老人，应该是雅玲的祖父。明科家的房子不靠水泥路，得顺小路往里走，房子周围种的全是果树。都结果了哩，全是柿子，和小灯笼一样，明科的母亲还给雅玲和晏羽的口袋里都塞了一个成熟的柿子。

可晏羽见面第一句话不是打招呼，就四个字："去龙门吧。"

去龙门了。

雅玲和明科当然来过这个地方，当然也不是单独为这两根木桩而来。看清楚了，这两个木桩遍布刀斧砍劈的痕迹，是死去的云杉树被人修剪去了旁枝。说来奇怪，这个地方，两边开阔的河岸，是即将要走向枯黄的草皮覆盖着的土地。再过去远点就是稻田，田里的稻子展现着收获的颜色。这些现在不那么重要了，重要的是，云杉树呢？不是那成片的云杉树林，就晏羽每次都能看见的在两个木桩旁边作为参照长度的云杉树呢？

晏羽问雅玲："树会自己走路吗？"

雅玲问明科："树不会用脚走路吧？"

明科问晏羽："有些树会自己用脚走路吧？"

再次确认环境，踩了踩脚底下的草坪，真实的。这河流弯弯曲曲向前延伸，有桥，石头做的拱桥，拱桥两边还有从石头缝里生长出来枝繁叶茂的木梓树。木梓的叶片已经黄了，有的红了，是得了病，对季节过敏才浑身发痒发红。再往远走，是一片林子，黑漆漆的。林子之上是三只脚的红鸟，还会变颜色，正午变成白色，是太阳。真没了，一眼到头，尽收眼底。

晏羽又说："龙门旁边是有树的，是云杉树，长得很高。"

对于晏羽的发问，雅玲和明科他们的回答是一致的："这里没有树，这里一直都没有树，这里从来就是光秃秃的一片。"

晏羽听到后不出声了，他明白有些话不能说出来，是秘密，是神仙来带走了云杉树！这云杉树靠近龙门，肯定碍着神仙了，所以才一连三天大雨倾盆。完完整整地带走这一棵大树，需要三天。再一个原因就是不想让人发现，三天足够让人遗忘很多事情。但晏羽心里空落落的，他觉得这是一个错误，河岸边需要一棵树，需要有这样的一棵云杉树。理由不知道，反正在这样的一个画面中，处在这样一个环境中，就特别合适。

神仙也许错了，但晏羽不能说。他不想让自己的这个话语引发雅玲和明科的思考，这样会让神仙难堪的。晏羽立马转移话题："这里是光秃秃的，我城市小区里的家那里全都是高楼房，很多层，比龙门还要高很多的楼房。"

雅玲对晏羽说的这些话好像动心了，她小心翼翼地试探着问："我爸妈也在城里，他们每年好早就出去了，过年的时候才回家住几天。我想让他们多陪陪我，他们不陪。我想让他们带我一起去，他们不带我去。他们说到外面是去拿钱，我们在沙河村这里没有钱。他们让我听爷爷的话，让我好好读书，以后也要去外面拿钱，不要再回来了。"

晏羽看到雅玲眼里噙满泪光，他低声说："城里没有钱拿，反正我不知道在哪里可以拿钱。我没见到钱，我就一个人在家里，和一群鱼弟弟们玩。"

明科眼里的光似乎也暗下来不少，他的声音变得很奇怪，这样说的："那你玩得一定很开心吧？我爸爸说城里没有晚上，只有白天。所有人可以从早玩到晚，每个人都不用睡觉，一天真的有二十四个小时。"

晏羽看到明科脸上有向往但又有惧怕，表情很复杂，晏羽说："城市里的人也需要睡觉，也是会呼呼大睡做大梦的。就连我的鱼弟弟们也是需要睡觉觉的，他们一天睡二十个小时，活动四个小时。"

"鱼睡觉也会闭眼睛的吗？"明科听着脑袋里全是纳闷，"鱼不是一天到晚都在水里游来游去吗？"

晏羽则表现出一副说一个惊天秘密的表情，右手伸出食指，以便随时做出嘘的动作，目的就是为了让听的人保守住这个秘密："鱼睡觉也是会闭眼睛的，鱼弟弟们都和我说了，它们也是白天飞翔，晚上睡觉的。"

听到这里的雅玲和明科才反应过来，不可思议地发问："你是能和鱼说话吗？"

"嘘！"晏羽的食指马上放在嘴前，"这是真的，我一般都不告诉别人，我就告诉你们俩了。"

事先做好的准备动作立马派上用场，雅玲和明科恍然大悟般，都做出相同的手势，表示不会再让另外的人知道。雅玲和明科对视一眼，好像是达成了某种共识，然后他们又一起看向晏羽，晏羽被这种热情的目光一时间弄得不知如何是好。

不知道是谁说的，可能是雅玲："小鱼儿，明天再来玩，我们也告诉你我们不告诉别人的事情。"

这句话是他们已经走远了一些才说出来。晏羽说完之后，雅玲和明科就一起回去了。晏羽不知道他们两个要干什么，但是他很期待明天会是什么样的。其次，那一种空落落的感觉又找上门了，在心里，那棵高高的云杉树就不该在河岸边被失去。

回到家，晏羽还是这么想，云杉树不该被失去。

二伯父已经是第四次来了，似乎聊得很开心，没做出前三天那种失落的表情。晏羽进门的时候，他父亲晏矶道和他二伯父不约而同看了他一眼，表情都很微妙。晏矶道自从那天晚上被晏羽说过，发生了变化。看向晏羽的表情。有一种证明的意味，他在向自己的儿子证明自己。一旁的二伯父眼神里虽然还是长辈对晚辈的那种关爱，但还夹杂了一点其他的东西，很温柔的东西。

还有，在回到房间的途中晏羽仿佛听到了什么做事之类的话，好像提到了价钱、酬劳。不会是父亲晏矶道要去工作吧？晏羽脑子里有个想法一闪而过，但没有深想，晏羽早早去睡觉，他要等明天到来。

第二天早上公鸡正打鸣的时候，父亲晏矶道已经不见了，母亲小颦告诉晏羽他父亲去镇上当杂工了。晏羽浑身一哆嗦，那个从来不去上班的父亲居然去工作了，可能是他的话触动了父亲。临出发去找雅玲和明科，晏羽犹豫了，在他知道他父亲去上班后，他的脑海里显现出“老师”“上学”等字样，但随之被更加奇怪的字样给掩盖掉了——三尾四眼狼。

“有三条尾巴四只眼睛的狼？”晏羽大吃一惊，“还是靠吃蘑菇活下来的？”

晏羽的反应让雅玲和明科很开心，他们要的就是这种大吃一惊，倘若晏羽没有波澜的话，反倒让他们提不起精神。这是雅玲和明科他俩心里最大的秘密，谁都不希望自己心里的秘密会被别人看不起。

“对，这狼住在山里，比正常的狼要大，是狼王哩！眼睛并列排着的，一边两个，四个。全身灰色的皮毛和针一样能扎人。有三条长长的尾巴，中间一条尾巴是灰色的，两边的尾巴都是白色的，它那条和身体一样灰的尾巴是毒蛇，会咬人。

但是这只狼不吃肉，也从来没有出过山。山里有个洞就是狼王洞，狼王就住在那个洞里。洞里长满了蘑菇，狼王最爱吃的是蘑菇。”

山林离沙河有很远的一段路，那里好多个山包连在一起。其实最高的山包也没多高，只是长满了茂密的松树。厚厚的松针底下确实长了蘑菇，这是该长蘑菇的季节，尤其是雨后。看来是天上的神仙为了弥补把云杉树搬走的亏欠，又让地面上长出蘑菇作为馈赠赔礼。多种多样的菌类就是山里的蝴蝶，颜色各有迥异，黄的红的，等等。是蝴蝶落在了地面，蝴蝶天生就是呆立不动不飞的。

晏羽听到他们这样说后，对狼王的存在是深信不疑的。他已经被雅玲和明科嘴巴里所说的神奇事物深深吸引，他的脑海里能想象到这么庞大的生物一定是恐龙的后代。

晏羽兴奋地问道：“我能去看看这只狼吗？”

雅玲思索了一番，说：“不知道能不能了，狼王只有在山上长蘑菇的时候才出现。”

晏羽不假思索肯定地说：“山上已经长蘑菇了。”

“山上到底长没长蘑菇，我妈是第一个知道的。”明科骄傲地说，“现在一定没有长，因为我妈她还不知道。”

晏羽睡下后，晏矶道才疲惫不堪回到家，湿衣服紧紧贴着皮肤，不知道是夜晚归来沾上露水，还是汗水。可能是雨水，“几度黄昏雨”呗。洗完澡之后，晏矶道有几次想去打开儿子晏羽的房门，他似乎做好了准备，但是随即又怯懦，失去勇气低头回到自己房间。

小颦此时正襟危坐，表情严肃。看到晏矶道进来，目光交给了晏矶道的脚，随着脚一直落在自己脚旁边才往上挪。晏矶道因为自己刚才的怯懦并未察觉到小颦有什么异样，正准备躺下时，小颦用手拉住他，一瞬间的目光交错，眼神里蕴含了太多，小颦缓缓开口："王觥去世了。"

晏矶道如坐针毡，身体迅速站直，他似乎还未反应过来，但他确确实实听到消息了。他不相信，他脑海里和王觥的种种往事浮现，还是不相信，是怎么也不敢相信啊！眼睛里全是泪了。此刻，晏矶道把唯一的希望寄托在小颦身上，他又回到小颦身边，眼神柔情带祈求地注视着她。晏矶道的眼眶要去拦住往下滚的泪珠，眼眶它不想让晏矶道又被雨水浸湿衣服。

此时此刻，小颦眼里的一切像极了不久前另一个场景的重演——父亲晏书去世的时候。

在病房内，晏书鼻子里插着氧气管，他已经无法正常进食，肿瘤把他的躯体弄得和钢铁一样结实。晏书还是能感觉到饥饿的，但他吃不下食物。他肚子好胀，他能感觉到是有什么东西填在里面了，可是拿不掉。单吃两片止痛药还是止不住癌痛，在悲戚的低声叫唤中一夜未眠。癌症晚期的痛苦是会让人崩溃的，火辣辣的灼烧感，是成千上万的蚂蚁在咬扯，一刻也不停歇。晏矶道多次劝父亲晏书，如果扛不住疼痛的话可以加大止痛药的粒数。医生说这药是最好的止痛药，吃三粒都不为多，还可以往上加，实在不行再想其他办法。可是晏书不知道为什么就是不肯多吃，甚至在住院初期，这个从来不骂儿子晏矶道的晏书居然对儿子恶语相向。晏书表示止不住疼痛就加药，那之后岂不是一吃一大把？

晏矶道看着瞪圆眼睛生气的父亲晏书，有话也说不出口，无言了。

是早晨，迫近四点还未到四点的时候，晏书问儿子晏矶道几点了。一连问了好几遍，今天是什么日子，哪年哪月哪日的几点钟。晏矶道一一回答后，晏书似乎说了一句早上四点钟太早了，便闭眼表示想睡，嘴里就不再发出低吟。晏矶道在旁边守着，也不再出声，生怕打扰到父亲休息。六点钟，晏矶道小眯一会后醒了，他发现父亲晏书也醒了，用眼睛盯着从刚才睡觉到现在醒来的自己。晏矶道觉得背后一凉，很是害怕。随即表示要去打水，要给父亲晏书他洗把脸。晏书点点头，答应了。

小鞶来换班，手里提着早饭，在走廊遇见了晏矶道。她是一脸哀伤，这份哀伤后面就是疼痛——赔钱了，郑狭、吴乌至的股票赔了个精光。

小鞶还是用那种平静的语气把这消息对晏矶道说明，晏矶道的第一反应就是自己彻底没钱了，然后就是愤怒。顿时气不打一处来，这段时间积压的所有的坏情绪都要爆发出来，随手把面盆和毛巾甩给小鞶，他要打电话去质问郑狭和吴乌至。晏矶道去到走廊尽头，在窗子前面吹着冷风，手机这边嘟嘟响了很久，郑狭那边无人接听。晏矶道已经骂出声，又换号码，他要打给吴乌至。电话还未拨出去，晏矶道从耳边将手机放下，握在手里。因为他看到走廊那边，看到长长的过道那边，小鬈才刚打好热水进病房，不超过十秒钟，又从病房里慌里慌张丢了魂一般跑出来。晏矶道看到后立马就发现了不对劲，小鬈的性格他知道，就连刚才赔个精光的消息她都可以平静说出来，可现在小鬈满脸的恐惧，晏矶道向小鬈走过去，他知道出事了。小鬈她没有大喊大叫，可是她的嘴巴张开老大，泪水早从眼睛里流至脸颊，布满血丝的眼睛里好像漆黑一片，是堵满了恐惧。

晏矶道很快截住慌乱无主的小鬈，小鬈被晏矶道抱住，两人目光交错，晏矶道冥冥中意识到了什么，用颤抖的语气小声问："无恙否？"

小鬈听到晏矶道的话，从慌乱中抽离了出来，瞬间的理智让她压抑的情绪爆发。所有的悲鸣全部通过喉咙向上攀升，是一个攀登者登顶的呐喊，嘶哑的鬼号。前台的护士正准备告诫这位情绪失控的女人，不要发出噪音影响其他正在休息的病人。可这个情绪失控的女人说出了一句让护士们也不好意思阻止的话："爸死了！"

所有人都听到了，在早晨迷糊中听到一个女人撕心裂肺的哭喊。

晏矶道握在手上的手机掉落在地，所有人都听到了，心掉落在地上会有玻璃碰地板的碎裂声音，而且还在地上同玻璃球一样不停地上下来回磕，磕了接近四秒钟，这下估计丧失了功能，不能再用于通讯了。

不相信，不可能，晏矶道还在想父亲晏书刚刚还好好的，他还准备给父亲洗把脸。就这么一小会儿的工夫，父亲晏书肯定是开玩笑的。晏矶道的脚步也踉跄，他挽起小颦的手踉跄又快速，用一种很奇怪的走路姿势冲回病房。病房的人，包括刚才还在休息躺着的病人，都受到了某种指令般，很有秩序地退在一旁。唯独最里面病床上的病人没有接收到这个指令，那病床上是一个瘦骨嶙峋的老男人，他眼睛还没有闭，注视前方。

晏矶道从进门那一刻脚步就慢了，之后每走一步就掉下几滴泪。那个瘦骨嶙峋的老男人是他的父亲晏书啊，那个眼睛还没有闭的男人眼睛里黑白不分明了。

晏矶道无论如何都不承认，他用无助的眼神盯着小颦，是用眼睛在说话："伪也！皆伪也！"

没等小颦开口，外面护士联系的担架推车来了，它用的是光学动力的发动机，时速能达到几千万公里每小时，在快速行驶中还能发出声音："一〇五五号病人晏书去世！"

此时的晏矶道还不死心，尽管他经历过一次这样的事。人就是要寻求一种极小的可能，就像每个人都会举例，然后将自己视为例外。晏矶道认为王觥这小子是在恶作剧，为的就是骗他回去，不让他继续窝在农村。王觥是又恋酒了，想晏矶道回去陪他痛饮三百杯，晏矶道是最会饮酒的。一句很熟悉的话又重现："一〇七七号病人王觥去世！"

晏矶道立刻垂头丧气，身体就是泄了气的气球，没有那股气顶着，人就是褶皱的皮囊。小颦当然明白此刻晏矶道所有的行为，没有说话，她只是陪在晏矶道的身边。晏矶道去关了灯，屋内漆黑一片，只有呼吸声像是往球里面灌气。寂静无声之中才能显现出接二连三的打击，霜刀又雪剑。

一早，晏矶道收拾整理出一个包，带一些随身用品，背上包，他对小颦说："落花犹在，香屏空掩，人面知何处？"

小颦走到晏矶道面前，整理整理晏矶道的衣领，掸了掸灰，从上往下又好好打量了一番晏矶道，她缓缓开口："来回路上注意安全，到地方了就给我打个电话。"

飞驰的列车是机械时代不知疲倦的运轴，轴里的珠子就是忙于奔波的人群。那圆形的巨大的转轮齿槽靠卡动推进着的时间是时代，不是晏矶道的时代，是时代的时代。逻辑很绕，可晏矶道心里明白，所以行程一路皆为睡梦。晏矶道有所思，他想了很多，但他也睡着很久。昨天晚上他就想了很多，一夜没睡。他在双眼闭合的状态下，就连他自己也不知道自己是清醒还是沉睡。他不知道自己是在回忆往事，还是昏沉做梦。晏矶道的思绪中感受到最多的是迅速，他之前从未感觉到迅速，应迟，迟才是晏矶道的底蕴。一切都在变，晏矶道觉得自己已经老了，他发现自己不再年轻，早就被时代抛弃了。

黄庭间在这个时间已经到了王觥家里，在此之前，他还把这个消息转达给吴乌至和郑狭。晏矶道表示已经下了火车，明天到。黄庭间是年纪最小的，晏矶道的年纪最大。年纪大小算不得什么，大家亲密无间，甚至可以忽略一切外因。哪怕当时旁人最轻蔑吴乌至，看不起他家境贫寒，为人卑微胆小，晏矶道他们也不在乎。他们交朋友只看中话投不投机，只要投契，一切都不是问题。遥想当年，几个朋友在晏矶道家里聚会饮酒的那个春天，是十二年前了，这群天南海北的年轻人在油菜花开得最美丽的酒宴上，觥筹交错，推心置腹。

当一众人脱离学校、家庭，在社会里各自奔波之后，人和人之间就再无嵇阮之狂了。当年高谈阔论，国家大事到平民生活，无所不谈；当年诗词歌赋，写好文章和讨论好文章，比谁才高八斗；当年好酒好宴，学校不让喝，一行人偷跑到晏矶道家中痛饮达旦。到头来，时间把这一切都抛弃，独自远走，只留下不公平的结局。经历过离别的人都明白这是什么滋味，一切都好，就是半点不由人。

晏矶道这才刚到达，没曾想王觥的兄长早早就在门口等候，立马就上前接迎。此时看到疲惫不堪的晏矶道背着一个包，瞧着双眼无神的晏矶道，王觥的兄长声泪俱下："知吾弟者，莫如豫章黄鲁执庭间，临川晏疏原矶道啊！"

黄庭间也从门后出来，要是说刚才的晏矶道还是疲惫不堪，此刻的晏矶道好像又重新注入了活力。不是兴奋的活力，是悲痛的活力。刚才的样子都是晏矶道在强忍自己情绪，见到黄庭间的一瞬间，晏矶道怎么也按捺不住了。他和黄庭间用力抱在一起，两人同时痛哭流涕，越哭抱得越紧。

王觥，三十五岁，饮酒过量而死。

不能再喝酒了，两个人悲伤过后，晏矶道率先开口说的第一句话就是："勿再饮酒。"

黄庭间点点头，两个人达成共识。相互放开对方，看了对方一眼，看了看两个人的衣服，一位是褐衣一位是袍衣。王觥兄长顺势又拿出了一本小书，他表示王觥对自己早早留下话来：请兄长以文章心血相托。

晏矶道和黄庭间立马就明白什么意思。王觥这个一肚子旧诗书的文人，于书无不观，尤喜《易》《春秋》，这是他一辈子的心血，他的绝笔遗作。整个葬礼要持续十几天，按照家乡习俗办事，这方面全权由王觥兄长操办。晏矶道接过王觥这辈子的心血，放在手里反复摩挲，他自告奋勇为王觥的心血写序题文。黄庭间当即也表示为王觥撰写墓志铭，就在这十几天内完成。

可写着写着，晏矶道自觉吃力，长时间不著文，他反倒无从下笔。两人相视而坐，看着对方，他们上一次分别还是晏矶道准备回农村，却好像已经分开了多年。僵持半天，双方都有话想说，最终是黄庭间先开了口："小鸿、小莲，还有几位，都找我询问你的去向，我没说。"

这几个名字晏矶道当然熟悉，心里滋味暗起，慢慢道："所为何事？"

黄庭间回答："她们得知你不容易，自己都有点积蓄，想尽点绵薄之力，帮你渡过难关。"

听到这话的晏矶道心里的滋味变苦，自觉挫败。他经历了种种，虽然失落虽然低谷，但是他从来没有过挫败感。父亲晏书在世的时候，他这个做儿子的最风光。晏书是大学问家，大教授，有名望，他的学生在很多领域里都有一番名堂。别人都说晏矶道遗传了父亲晏书的好基因，从小就被认为是天才，七岁那年就能写一手好文章，晏书也很看重这个有自己影子的儿子。

晏矶道跟随晏书从农村来到大城市后，就过上了众星捧月的生活。他变得自命不凡，一度想摆脱父亲晏书的名气，他要超越他父亲的成就。何等少年狂，就何等深得女人心。晏矶道那时的创作灵感大多来源于此，文学和爱情。晏矶道爱过很多人，对每一个人都写词，情真意切。当年的那些爱人，知道自己身陷低谷想过来伸援手，可这对晏矶道来说，苦涩大过欣慰，让他自觉挫败了。

“唯小鞶一人足矣。”晏矶道微微一笑，“当年拚却醉颜红，离人已去，终了，吾生已无他处思。”

黄庭间脸上的表情不好看，好像察觉了自己好友的精神状态不是很好，现在就开始说胡话了。黄庭间明显是有点犯难的，他克制了自己，说：“她们当时很伤心，要死要活的。但我明白你的想法，要不然我就把你的消息跟他们说了。啧，我只是，我只是觉得可惜，着实太可惜了。”

晏矶道强装面无表情，缓缓开口：“前事遂无复言矣，若更求余言，君告之曰，吾谓之情皆真也，未尝欺过之。每逢时节定将思，若再相逢，相逢亦是梦中。世上之事变化，皆此盖天设，非人可违。”

黄庭间点点头，他表示对晏矶道的理解。但是黄庭间脸上的表情依旧没有好转，他说的这些话似乎都不是重点，他还有话要说，可他说不出口。晏矶道看出黄庭间心里在做斗争，两个交心朋友怎么不知道对方心里有事，晏矶道也不想黄庭间把这件事一直压在心里，他说："望言尽。"

两个男人之间独特的默契，黄庭间也是苦笑一下，像是跨过了心里的那道坎，他说："小山啊！"

小山是晏矶道的小名，很久没有再听到了，也没多少人记得。晏矶道欣慰地笑了笑，这是真兄弟，只有真兄弟才会说出这样的话。黄庭间懂他，两个人是知心好友，作为好朋友黄庭间是有话要说："原谅我直话直说啊，小山，你现在这个样子，黔驴技穷了啊。虽然我也不知道能不能帮你渡过难关，但是我一定尽我所能。我深知你晏小山是什么样的人，你不会依仗我，可你一个人绝对过不了眼前这一关，能明白我的意思吗？"

晏矶道笑了，他猜到会是这样类似的话，他说："还望言尽。"

黄庭间苦笑着点点头，他最了解晏矶道，晏矶道也最了解他，他还有话要说："我的老师苏拭，他很欣赏你，早就想让我牵线搭桥。我一直没和你说起，但是今时不同往日，我的老师苏拭苏冬坡是什么人不用我多说，你们见一面，吃个饭，有我老师的帮助，我想你以后的路会好走很多。既然你不想仰仗我，不需要我出手，那我的这番好意请你接受。这件事也是需要你自己去争取的，我只不过是推了一把，我想你应该能接受。”

晏矶道听完起身，似乎觉得黄庭间还不够了解自己。晏矶道脚步挪移，向北走两步，这个方向就是沙河村的方向，双手放在后背，边走边说：“文坛事堂中半吾家旧客，亦未暇见也。此事休多言，前吾不见，今亦不见。”

黄庭间闭上眼，任由晏矶道离开。吊诡的是，晚上满天的繁星不孤立，每一颗星团结在一起同时闪烁，看呐，同时亮，同时暗，像调皮的小孩在不停地玩弄电灯的开关。开了，又关了。月亮不见了，根据晏矶道以往的经验，满天繁星的夜晚月亮一定亮堂堂。明月不知几时有，反正今晚是没有。月亮它最不称职，可能是有事请假回家将工作交接给星星了。再看，北斗七星亮堂堂，它才是真正的月亮。北方，沙河村的月亮也是，全世界的月亮都是不称职的，一个月亮还没有一颗星亮。

晏羽在房间透过窗看着天空最亮的那颗星，有一种奇妙的感觉，自从来到农村，他觉察到天空有一颗明亮的星星注视着他。他抬头仔细观察过，隔着那么远的距离，看见月亮是一只三条腿的冰蛤蟆。月亮上一定很冷，就这么盯着看一眼，晏羽都有寒意，他也不敢多看，月亮不是好东西，连蛤蟆都是残疾的三条腿，还被冻住了。星星呢，晏羽看到是个小球，后来他还发现是个眼球，他更害怕了。晏羽脑袋里全是恐怖的画面，在床上辗转反侧，但又莫名其妙联想到他的父亲晏矶道。

十天已过，王觥的后事皆已办妥，剩下的就是一些亲戚家眷需要酒宴招待，外加一些琐事善尾。晏矶道和黄庭间决定不再驻留了，尽管王觗的兄长一再挽留，但还是留不住。黄庭间看到自己的好友晏矶道现在是这样的困境，他有意想让晏矶道放松，太压抑了对人的大脑其实有损伤。况且，黄庭间觉得晏矶道现在有一些说胡话的倾向，就领着晏矶道去了寂照房，连同王智川一起。

晏矶道最终还是喝了酒，第一杯酒下肚，那就代表第一千杯酒也要到来了。

酒后，晏矶道就多言："鲁执且听真：倦客登临，暗惜光阴恨多少。楚天渺。归思正如乱云，短梦未成芳草。空把吴霜鬓华，自悲清晓。帝城杳。双凤旧约渐虚，孤鸿后期难到。且趁朝花夜月，翠尊频倒。"

已有醉意的黄庭间还是听得出好友晏矶道口中话语是何意，"双凤旧约渐虚"，郑狭和吴乌至已经入狱，"孤鸿后期难到"，王觗已经离去。"光阴恨多少""且趁朝花夜月"，黄庭间知道晏矶道目前面临着从未有过的大劫，他吐着酒气说："小山，这路，这往后的路要怎么走？"

王智川不再劝酒了，他也醉意上头，道："用脚，用脚走，一步一步走！"

"晏子与人交，风义盛激昂。"黄庭间笑了，还以为是晏矶道在回答他，张口来这么一句。

睁开眯着的眼睛看到一边的王智川，黄庭间立马就意识到了什么，又补充一句："雅雅王智川，易亲复难忘。"

王智川也笑了，他说："如今这个世道，就会养会说好话的人呀！”

黄庭间像为自己辩解似的，小声道：“会说好话的人活得更容易一些而已。”

晏矶道摇头晃脑，满脸通红，眼睛微眯，嘴巴大开，不知道要用这张开的嘴去接住什么。反正在沉睡前最后那一刻，也就是闭嘴那一刻，他有气无力的言语脱口而出：“吾，永不言奉承谄媚，其心天地可鉴，世事皆由吾一人担之。”

说完晏矶道倒头便睡，而黄庭间则一激灵，头脑顿时清醒了。黄庭间再无睡意，他听得很明白，全身的寒毛都为之一竖。等到晏矶道酒醉醒来，黄庭间就立马迎过去，他细声询问：“小山呐，我的老师苏拭苏冬坡真的可以改变你很多。就不说你的那些哥哥姐夫们，就连我，我都可以帮你渡过难关，只要你愿意。”

谁知道晏矶道睁开眼第一句话就是：“吾昏睡几日矣？”

王智川说：“才两天。”

晏矶道无比懊恼，嗔语道：“唉，勿再饮酒，勿再饮酒！家中小儿等吾速归兮！”

说了不再饮酒了，此时晏矶道觉得自己实属不该。一家人还等他回去支撑，而他却和之前浪荡的日子一样，饮酒作乐。也没作到乐，借着酒劲胡言乱语罢了，一堆对现实无意义的话，浪费他在这时代本来就仅存不多的时间。早已归心似箭的他不想再有丝毫滞留，晏矶道悔恨自己贪杯误事的同时，也觉得愧对好友的热情招待。告别时多次对黄庭间深表歉意，实在是不想让妻儿再受其苦，他决心脚踏实地做好一个普通人。

看着晏矶道临走时焦急的背影，黄庭间和王智川都在纳闷，好友晏矶道好像有些不一样了。

母亲小鞶进房间，看看还未入睡的晏羽，她说：“你爸他再过几天就回来了。”

“我才不管他回不回来呢，他不在家我和雅玲、明科玩得可开心了。”晏羽满不在乎地说，“长蘑菇了，我要和雅玲、明科他们一起去捡蘑菇。”

小鞶顺着儿子晏羽的视线看了看窗外的月亮，也没多说什么，小心关上房门后，便轻声离开了。

天亮的时候，那只冰蛤蟆还在，每天都是这样。晏羽发现现在的早晨，天上还有一个月亮，月亮和太阳同时碰面了，但不显眼，晏羽猜测：太阳那三只足的红色鸟很可能会去吃那三条腿的冰蛤蟆。因为什么呢？蛤蟆都是晚上出现的，鸟都在白天，它们两个不相见，蛤蟆肯定怕鸟。但晏羽就是想不明白，既然蛤蟆这么怕的话，早晨它们两个为什么还要见面。还有，那颗星星，那最亮的星星还在发着光，这个眼球还在注视着地面。晏羽早早起来，穿好衣服。母亲小鞶也很早起来，她要跟随着村里的人一起去摘棉花，挣点零用钱。知道儿子要去捡蘑菇，给他提了一个小篮子，顺便提醒晏羽不要在山里迷路，而晏羽却信誓旦旦对他的祖母大声喊：“我一定捡满满一篮子，今晚我们家吃蘑菇咯。”

依旧还是踩这个银子铺满的公路，地上如同镜面的反光依旧刺眼，月亮这时候终于不见了。那只冰蛤蟆估计也是被这个刺到了眼睛，要不然真的说不清楚它为什么早上依然敢出来和三足火鸟对峙一段时间。直到地面被光线照出反光它才消失，才躲起来。但这不是晏羽的重点，晏羽很兴奋，他的重点是捡菇，错了，也不是，捡菇虽然是一件很高兴的事情，其实晏羽真正的重点是希望能见一见那个狼王。

同行的雅玲和明科也想见狼王，他们是见过的，是一个月圆的晚上，他们看见狼王在月亮底下嚎叫。

月亮底下还有一只猪，一只好大好大的黑猪，还长着獠牙，是野猪王。野猪王看不惯狼王，它想去欺负狼王，狼王奋起反抗，它们在月亮底下争斗。野猪王运用它的獠牙，十几颗獠牙充当武器，一个血肉之躯的战车向前冲刺。狼王有点灵活，他的四只眼睛将局面看得更加清楚，迅速绕到身后，突袭。并没有用，这点伤害对于皮厚肉糙的野猪王不算什么。野猪王一身蛮力，用力甩几下身子，不说将狼王震慑倒地，也能让狼王不敢靠近。

这样的场面雅玲和明科是很难形容出来的，但难不倒晏羽。晏羽脑海里早就能想出这样的画面，他早就看明白这是怎么回事了，不就是两只恐龙的大战：一只身躯庞大携带武器防身的迟钝食草恐龙对战一只体型稍小靠嘴撕咬攻击的敏捷食肉恐龙。

这样对决的结果肯定是狼王胜。

第一点，狼王只是力量稍差一点，但很迅速，敏捷令蛮力无从招架。

第二点，肉食恐龙的攻击欲望往往稍微强于草食恐龙，毕竟草食恐龙没有对血的渴望。

野猪王很得意自己这些长长的獠牙，对自己的力量很自信，横冲直撞。野猪王跑动起来了，连它自己也控制不了自己的攻击，它心里很明白，只要成功了一次，狼王必定会被撞死。狼王这边，应对相对轻松，很巧妙地躲过野猪王的獠牙攻击，自己还没花费多少体力。它心里也明白，只有等到野猪王没有力气的时候才能发起进攻。边战边退，狼王发现它已经背靠月亮，月亮是一面大的铜镜，贴上去冰冰凉。可见野猪王粗中有细，并不是盲目进攻，它很清楚自己的优势在哪里，只有将狼王逼入死角，它才可能一击必杀。

狼王要输了。

第一点，在绝对力量面前，再怎么敏捷也只有被动躲避的份。

第二点，不要低估了野猪王的攻击欲望。野猪王可不是单纯的食草动物，它是杂食动物，什么都吃，对血腥味并不陌生，它是凶悍无比的。

野猪王蓄力，所有的力量都凝聚到四条腿，登地发力后向前突刺，它朝着狼王连带着向月亮一起发动进攻。狼王已经无路可退了，它的四只眼睛不停观察四周只得出这个结论：它要做最后一搏。

野猪王向狼王冲过来，即将要碰上狼王身体的那一瞬间，狼王的四只脚用力往地下使劲，向上跳跃腾空而起，落在野猪王颈背部。借此机会，狼王已经咬住了野猪王身上的一块肉。疼痛让野猪王不停地晃动，十几颗锋利的獠牙总有几颗刺到了狼王的身体，但是狼王拼死不松口。一旦松口，狼王就要输了。野猪王尽力摆脱，只要将狼王摆脱在地，其他的不论，靠它的重量就能把狼王踩死。

月亮狡猾着呢，它是三条腿的冰蛤蟆，它是会跑的。趁着狼王和野猪王在僵持，它悄悄地挪开了自己的位置。它一走，狼王身后就没有铜镜似的挡墙，空间又放出来了。野猪王一看情况有变，当即就决定去追赶月亮。晏羽知道这是为什么，首先狼王是不会松口的，狼王现在骑虎难下，必须坚持到最后。然后野猪王也很清楚，如果没有月亮做挡板的话，它根本就没有能力把这个狼王甩掉。所以野猪王需要用月亮来卡一个好的位置，只有把狼王撞在月亮上，才能一下顶死它。

晏羽只是好奇，他问明科和雅玲："最后为什么是狼王赢了？"

明科一脸得意地告诉晏羽："你忘了狼王它有三条尾巴哩！"

雅玲赶忙来补充，生怕全都给明科说完了："我们早就说了，狼王有三条长长的尾巴。中间那条尾巴是灰色的，两边的尾巴都是白色的，那条和身体一样灰的尾巴是毒蛇。它趁着野猪王一心只想追赶月亮的时候，猛一击就咬到了野猪王的眼睛，没过多久野猪王就倒下了。"

晏羽这下明白了，一切都解释清楚的同时，他现在还有一处疑惑。从明科和雅玲的描述得知，狼王只吃蘑菇。不可能，狼王一定是吃肉的。如果狼王是吃蘑菇的，相当于食草恐龙，食草恐龙的性格温顺，它就绝对不可能和野猪王发生冲突。而且，狼王打赢了，野猪王躺在那，如果不是被狼王吃了，那么野猪王就会和龙虾一样留下壳。

“野猪王的壳呢？”晏羽发问。

“野猪王哪来的壳？”明科发问。

“你们说狼王是吃蘑菇活下来的。”晏羽没有回答问题，而是继续说。

“狼王就是吃蘑菇的，红红的蘑菇。”雅玲肯定地回答。

“既然狼王是吃蘑菇的，那么野猪王被狼王打败之后肯定没有被狼王吃，没有被吃的话，野猪王就会留下壳，你们有见到壳吗？”晏羽这才说到自己真正的想法。

雅玲和明科听完一起摇头，他们并没有见到。在他们的认知里，壳在这个情境里出现都是一个新鲜词汇，为什么会留下壳？他们真不知道，但他们认为晏羽这么说肯定有原因，只不过他们不知道而已。

晏羽不给雅玲和明科他们思考的时间，接着又说：“因为你们说错了，狼王是吃肉的，它绝对绝对不可能吃蘑菇。”

雅玲和明科这就接受不了了，一个一个脸上气鼓鼓的。尤其是晏羽在强调绝对绝对不可能，这无疑说他们在说假话，这让雅玲和明科觉得被冒犯。他们是亲眼所见，他们亲眼看到狼王吃掉红红的蘑菇。他们也是亲眼见到狼王的洞穴，就是在白天，他们放学回来见到的。学校建在更大的公路边上，背后靠着的是山林。中午学校放学，那个时候学校是不提供午饭的，有些家长会送来，有些孩子自己跑回家去吃。雅玲和明科从学校里出来喜欢不走寻常路，他们喜欢从山林里穿梭。狼王的洞穴是在一个山包和另外一个山包之间的犄角旮旯里。中间有一条溪流，雅玲和明科他们就在对岸看到洞穴里面的狼王蜷缩着，洞穴里面长满了红色的蘑菇，狼王随便张嘴一咬，一口就一个。

晏羽说："你们可能也是被别人骗了，狼王一定是吃肉的。"

明科为自己辩解道："四眼三尾狼是我和雅玲独有的秘密，这些事都是我们亲眼看见的，别人根本就不知道，我们也没骗你。"

晏羽说："那你们带我去看看呗，我知道你们就是不想让我看。"

明科磕磕绊绊说不上话了，雅玲这才继续解释："现在根本看不到狼王，也看不到它的洞了。前几年山上的树被砍了，挖土机把山上的土都翻了个遍，狼王就和它的洞一起不见了。现在山里的树都是重新种的，我们也很长时间没有见到过狼王了。"

晏羽有点难过道："没想到小小的村里居然也会这样，我还以为只有城里会把高楼建筑推倒再重新做。"

话里那句“小小的村里”，一下就让雅玲和明科觉得有些生理不适。雅玲和明科对视了一眼，没有再说话了。晏羽这边还是在垂头丧气，他不停地抱怨着，觉得可惜，没有机会再去见狼王。过了一会他还没有察觉到不对劲，在他不停抱怨见不到狼王的同时，明科和雅玲保持沉默，晏羽还以为大家在专心找菇不愿意说话，毕竟他们手里提着的这个小篮子依然空空如也。等走了很远的路，太阳升到了正头顶，篮子里这才有了五六个叫不上名字的菇。已经没有蘑菇可以捡了，蘑菇只会出现在早上，太阳光最强烈的时候，它们会躲起来睡觉。这一路晏羽他们还遇见了很多人，一些老太太或婶子之类的。她们头上戴着帽子，手里拿着小棍儿，手里提拎着个篮子，里面满满的全是蘑菇。也有可能是到了中午之后，蘑菇们就都被她们捡去了。难怪晏羽他们找不到，找不到蘑菇就只能回家了。

夜晚天上的星辰就如同地面上的蘑菇：有的孤单一个露在地面；有的成群抱在一起；有的被人捡了去，就像消失不见，底下的菌丝还在继续生长，这就又如同星星在闪闪发亮，在消失之后又重现。那一颗离月亮很远的星星发出的光亮超过月亮了，月亮一直都让晏羽好奇，它的奥秘究竟在哪里？那颗眼睛比月亮还要亮，它也许才是真月亮，月亮即使是眼睛也绝不会是三条腿的蛤蟆。

晏羽想对了，月亮果真不是三条腿的蛤蟆。第二天太阳出来后，清晨的露水把细长的草叶压弯送入河流。河流混入草叶，如同山泉泡的绿茶。从远到近，太阳那边发出的光亮，投射在河面上，是绿色的翡翠。三条腿的蛤蟆被发现了，在所谓白天全面来临月亮消失的最后一瞬间，晏羽迎着方向跑过去，他就知道，他知道今早的小水坑里一定有一只三条腿的蛤蟆。

明科、雅玲也在场，今天没有去捡蘑菇。或许是他们根本捡不到，家里的人也自然不让他们去了，免得在山里迷路。又是晏羽提议去龙门，去河边，现在三人就追着清晨的月亮，他们也亲眼看到月亮在消失不见。

雅玲和明科他们虽然跟晏羽一起奔跑，但昨天的事还是让他们心怀芥蒂，仍旧是少言少语。现在实在是忍不了了，毕竟看到这么神奇的画面，忍不了也正常。一个一个都张大了嘴巴在惊叹，晏羽在一旁早就语无伦次，他呐喊："这就是月亮！天上的月亮是假月亮，真月亮是眼睛，我早就跟你们说过了！"

明科看着眼前出乎意料的景象，先震惊，听晏羽说月亮是三条腿的蛤蟆后，本来也没什么，但是那股得意劲头让明科窝了一肚子火。怒气让明科的脑子变热，看不清眼睛的事物，三条腿的蛤蟆他看得不是很真切。同时怒气燃烧了明科话语中的热情，变得冷冰冰，他一开口就在有意抱怨晏羽，他说："你和我们说过？你是和你的那些鱼说了吧？"

"说过说过，鱼弟弟们不在我身边，他到我黄叔家里去了，我就是和你们说的。"晏羽又在激动地说话，"我昨天晚上还在想，太阳是三只脚的鸟，真正的月亮是那颗最亮的星星，眨眼睛的星星。三条腿的蛤蟆是个假月亮，不过它也可能是星星，月亮才是真正的星星。”

雅玲也开口了，她也不是很开心，没有发现新事物的快乐。不过她不是明科一样的抱怨，就是心里有堵，她说：“小鱼儿，你确实没有和我们说这些事。”

晏羽则很笃定地回答：“说过说过，我肯定说过。我说太阳是一只三条腿的鸟，它和鸡是亲戚，公鸡每天打鸣，就是为了和它说话。”

河边的草坪上全是露水，没有流进河的露水也被太阳光照晒得透明发亮，一颗一颗白的珍珠。蚂蚁那小黑点，很贪财，在上面爬，珠子慢慢变小，被贪财蚂蚁给偷了去。河岸周围有些地方有洞，有为了灌溉挖的洞；还有一些动物的家，黄鳝、龙虾或者是蛇。可惜不幸，它们的家都被人用铁锹锹开了，洞被扒开，黄色的泥巴被翻开裸露在水之外像是一座座山峰。光秃秃的山峰上怪石嶙峋，树根和石子镶嵌其中，也无规矩可讲。一般被山峰吸引来这儿的只是一些鱼，或者是一些黾蝽，黾蝽还算有点欣赏美景的意识。它可能也想不到今天会来稀客，一只三只脚的蛤蟆困在里面。

蛤蟆一动不动，它原本是有四条腿，现在只有三条。第三条还是条残废的腿，骨头好像断了，伸得笔直挂在身体下端。幸好它不动，它要是动，后面的腿肯定和铃铛一样摆来摆去。

明科四处寻找，终于找到一块心仪的石头，捡起来，猛朝这只蛤蟆扔去。可是没有经过瞄准，也许是瞄得不够准，石头没有打到蛤蟆，反倒穿进了旁边泥巴的山峰里。这只蛤蟆就待在原地，好像什么事也没发生。

晏羽不解地发问：“你在干什么？”

明科则是一脸不屑地说：“射月。”

晏羽又问：“为什么？”

明科又说：“有一个真月亮就够了。”

晏羽没有说话，他觉得明科说得有些道理。随即他又赶快制止，因为假的月亮存在是有必要的，它就是为了保护真的月亮。倘若别人都知道真的月亮是那颗星星的话，那么这个闪亮的眼睛就会有危险。这个假的月亮虽然不会发亮，但是起到了保护作用，那三只脚的火鸟就是专门啄眼睛的，太阳会吃了真月亮的。这下就解释清楚了为什么在早上的时候这假月亮还敢出来和太阳对峙，它就是为了保护眼睛啊，就是为了给眼睛拖延时间呀。蛤蟆为什么是三条腿？受伤了呀！它为了保护真月亮受伤了，被三只脚的鸟烧掉了一条腿，另一只腿也被烧残了，就从天上掉到了地上。

晏羽挡在明科面前，伸出双手做保护状，说：“不行不行，我们得保护这三条腿的蛤蟆，我们要保护它在夜晚的时候顺利飞上天空，充当月亮。”

明科不乐意了，好像自己做什么都是错的，难道城里的人真的要比乡下的人要高一些吗？还是自己父亲说的对，城里的人就是没有晚上的，他们才不需要月亮。晏羽这样做就是瞧不起他们，就是为了显示自己是城里人而已。

明科直接说：“凭什么你说什么就是什么？别以为你比我

们村里的人要强，别想瞧不起我们。”

雅玲察觉到了明科和晏羽两个人的不对劲，雅玲心里其实也是有嫌隙的，但是她不想发生冲突，还是尽力在缓和紧张的气氛。这场面雅玲并不陌生，每次她的父亲、母亲在离开家之前都要来上这么一次争吵。在这个场景里，雅玲已经是一个熟客，她很自然地就走到明科旁边，拉拉他的衣袖，表示不要再说了。同时也向晏羽摆摆手，大家各退一步。

在晏羽这里，他不理解明科突如其来的愤怒，他也不明白为什么明科说自己瞧不起他们，他疑惑地说：“我没有瞧不起你们。”

明科把拉自己衣袖的雅玲轻轻推到一边，又回来对晏羽说：“我知道你觉得我们骗了你，你觉得狼王该吃肉。那我还觉得你也骗了我和雅玲，反正我不相信你说的，你不可能和鱼讲话。”

这就像戳到了马蜂窝，捅一下，过不了两三秒，一窝的蜂倾巢而出，密密麻麻嗡嗡乱飞，逮人就叮。

“胡说！我骗你们我是小狗。”

“那你证明给我和雅玲看。”

“证明就证明！”

太阳已经升至穹顶，顶点的位置从上往下，三个小孩做事雷厉风行，对话之后立马行动。前面一个蘑菇头的孩子头发被风吹得凌乱，后面一个男孩的小辫子躲在脑袋后面也逃不脱风的鼓捣，皮肤很白的女孩被落在后面慢慢跑。目标是立在河中央的柱子，柱子高耸，平行而立，真没有哪个孩子能逃脱一根又长又直的棍子的吸引。

云杉木的柱子底下水流较缓，三个孩子看着。

“你要怎么做？”

“我要把手伸进水里，我们都扑倒，你们拉住我的腿。”

混杂着大量青草的水流较缓，看着三个孩子，原来是三个贪婪的蚂蚁，抱团在一起想来偷珍珠。看，领头的那只蘑菇头蚂蚁手已经伸进了水里，手成捧状，捧起一捧水。放到耳朵边，听，听鱼在说话。晏羽在闭着眼睛感受，水在他耳边很快就会又落入河流。晏羽重复这样的动作，捧水放在耳边，水流落下去，他再去捧。

不知道过了多久，只晓得孩子们全都筋疲力尽。天上的云溜着跑着，表示过几天又要下雨，或许漫天的雨水将要带来汛灾。河流可承载不了天上的这么多水量，决堤之后的水将会扑向稻田，要淹没一切。混杂着泥土的水龙连带着浑黄和草绿，它们冲向山峰，水是向上而流，和坐秋千一样来回荡漾，势必要冲过山包。因为山包背后是另外一个世界，地势下陷就像一个大面盆，这才是水流该来的地方，水注定要被容器所盛。

“你好了没有，到底有没有鱼和你说话？”

“是一条大鲶鱼。”

“真的有鱼和你说话？”

明科在这么长的时间里有一些不耐烦，谁又真的能和鱼讲话呢？而晏羽表示：有一条非常大的鲶鱼，和那边的山包一样大。大鲶鱼就在地底下，很深很深的地底下，不用吃，不用喝，喜欢睡觉。睡醒了就会动，大鲶鱼每动一次就地动山摇一次，地面就出现长长的裂痕。等到这个裂痕里面积满了水，就成了河，就是现在的沙河。

听到这里，明科又产生了疑惑，晏羽真的可以和鱼说话？明科说不相信都是为了怄气，他只是不喜欢晏羽的自以为是。明科是相信一些奇奇怪怪的事情的，毕竟他自己也亲眼见到了别人都不相信的四眼三尾狼。明科也没理由不相信晏羽，虽然晏羽认为狼王要吃肉，但这本身就说明晏羽也是相信有狼王的，晏羽从来没有怀疑过狼王的真假。

雅玲觉得神奇地问："小鱼儿，这些真是大鲶鱼告诉你的吗？"

晏羽摇摇头说："不是，这些都不是鲶鱼说的。"

明科赶紧说一句："那你还说能和鱼说话？"

晏羽神秘一笑，慢慢吞吞又开始说："大鲶鱼真正告诉我的是天气，它说马上要下雨了，过两天要下很大很大的雨。"

本来明科就已经相信晏羽，他觉得自己这样刁难不对，但是此时看到晏羽他那神秘的笑容，明科又来气了。雅玲围着晏羽问东问西，那条鲶鱼为什么会在地下？为什么不用吃不用喝？为什么有那么大的本事能弄出这么大的沟？晏羽则说这是鲶鱼的秘密，他也不知道，然后得意地跑开。雅玲则去追他，明科在旁一言不发，他心里又不畅快，只得默默地跟在他们俩后面。

确实快要下雨了哦，空气显得有些沉闷，让人心里有些燥热。所有东西都是干燥的，但又好像一切是潮湿的。也真是巧了，会不会是这样的天气让河里的鱼都游上来了，才让晏羽得知了这些消息？明科一直都在想，头低着还是能看到脚底下踩的是水泥路，但看不到前方。在往回走的路程中，明科就一脑袋扎到了前方的人，准确来说是头磕在前方那人的屁股上去了。

等明科缓过劲来，抬头一看是个男人，一个陌生的男人。这个男人后面还跟着两个男人，年纪相仿，一看就是三个三十多岁的男人。看着这些男人的装束，明科知道不是村里的，他们的脸上没有显现出浓厚的土地的气息，是有种不怒自威的感觉，来自高楼大厦。

这男人表示友好地向明科发问："小孩，沙河村是顺着这条路走吗？"

雅玲和晏羽早就停在旁边，他们也在打量着这三个男人。这些男人让晏羽有一种很熟悉的感觉，说不上来，好像在哪里见过。听到男人的发问，还未等明科回答，晏羽就抢先说道："是的，村子就是在这里。"

看到晏羽热情的回复，那三个男人相视一笑，然后又很默契地相互点点头，就什么话也没有说。哪怕是假客气的话，或者随口感谢的话，反正就是什么话都没说。在得知方向不错的情况下，他们三个人只是坚定了自己的步伐，继续向村里走去。这让晏羽有种没得到夸奖的失落，觉得这些人太没礼貌，甚至有一些讨厌，转身又继续和雅玲边跳边走。

明科没有第一时间跟上去，他没想到连一句问话，别人问他的问话，晏羽都要抢着回答。城里的人交流就这么不愿意带村里的人吗？他一定要证明村里人比城里人好。

夜晚，天上没有星星了，今天的窗外浑黑一片，分不清谁是天谁是地了。如果按照晏羽的想法可以这么解释，天花板和地板本来就是一样的构造，都是同一模式混凝土钢筋做的。因为这个宇宙就是上下楼层般的构成，每一个楼层都住着不同的生命。

晏羽盯着那天空，肯定是今天明科用石头砸了三条腿的蛤蟆，蛤蟆害怕得躲了起来。没有蛤蟆这个假月亮的保护，天上的星星就不敢出来了。那颗最亮的星星，那轮真正的月亮，没人知道藏到哪里去了。会不会，会不会有可能天上的眼睛都是地上人的眼睛？会不会可能是晚上趁着人睡觉的时候眼睛飞出来，飞到天上，看着地面。如果真是这样的话，那绝对没有人知道，毕竟都睡了。晏羽老是觉得这个月亮是盯着他看，人的眼睛本来就是神奇的，能看到东西。那眼睛的白色部分，难道真比不上那洁白的月亮吗？

之后的几天，各家各户都非常忙碌，天气预报真的表示要下大雨。这么多的稻谷，收割机来了上十辆，从早到晚，割刀被齿轮带动不停旋转地收割。以往收割稻谷的时候都是大晴天，而且还能晒谷子，看来今年真的不利收成。倘若不赶在大雨来临之前把稻谷都收掉，搞不好因为雨水的冲刷，稻谷就要在稻田里发芽了。这让农村的老人们担心死了，倒不是因为他们自家稻田难收割，老人没精力再去种田，而是以往收谷子的时候会遗失很多稻穗，他们可以去拾穗。碰到好的年份，他们可以拾到两大袋的谷子。把谷子碾出来，这一年的米估计都有着落。老人们担心的是这个，担心稻谷受潮之后没得捡了。

早上火红的太阳，如秋天成熟的柿子，掰开柿子看到里面红红的果肉包裹住略黑的柿子核。收割机在田里呼啦啦地响，也有的人家不愿意用收割机，毕竟只有一小块地，几个人拿着镰刀弯下腰亲自割。

晏羽、雅玲和明科坐在河坝之上，静静地看着机械在田里反复来回跑动。河就像界线将空间分成两半，河左边的小田里一家人起早拿着镰刀，河右边赶早来的收割机已经收割完了一块田。人工比不上机器，机械迟早会跨过河流。从右边开往左边，还可能后来的机械不经过右边直接就去左边，器械取代人工只是时间问题。

“你爸被抓起来了。”明科说。

“谁爸爸被抓起来了？”雅玲问。

“你晏羽的爸爸被抓起来了。”明科指着晏羽说。

“胡说！我爸爸才没被抓起来。”晏羽立马按下明科的手指头。

被摁下手指头的明科顺势朝后面跑，然后嘴里大喊，好像是朝着河流大喊：“你爸爸是老赖，你是老赖的儿子。你爸爸被抓起来了，你爸爸是罪犯。你是罪犯的儿子。”

晏羽听到明科这么说，好生气好生气。虽然他对自己的父亲晏矶道是有嫌弃的，他不喜欢他父亲的那种模样，可现在听到别的孩子说自己的父亲是罪犯，晏羽一时间还是接受不了。他气得恨不得要骑在明科身上，然后凶狠地说：“我爸爸他不是罪犯！”

明科看到眼前气急败坏的晏羽，有一些愧疚，但他觉得他自己也没有说错什么，他母亲不会骗他。此时的明科觉得自己终于不比城里人差，城里的人也有没面子的时候，村里人就比城里人好。之前的不愉快好像都得到了释放，他又说：“我妈告诉我的，我妈是村子里最早知道消息的人。我们昨天下午碰到的三个人就是讨债的，你爸爸是老赖，欠了人家很多钱，欠钱不还跑回来躲起来了。我妈还说你爸早就跑了，可能是被警察抓走了，或者就是丢下你和你妈妈一个人躲起来了。”

本来怒火中烧的晏羽好像有一些泄气了，他父亲晏矶道自从那天离开之后，确实很久没有回来了。大概十几天，直到今天还没有回来。难怪，难怪昨天下午的那些人晏羽感觉有些熟悉，他们肯定见过，那些人还朝他笑过呢，肯定在那个火葬场里见过。晏羽立马就想到了他祖父晏书的蛋被拿去孵化的时候，一群人一直围在他父亲晏矶道身边，昨天的那三个人也许就在那群人之中。

晏羽没想到他昨天居然还抢着回答这群人的问题，直接告诉这群人这里就是沙河村，晏羽隐约觉得是他害了他父亲晏矶道。

雅玲待在原地愣住了，她不知道该怎么办，她不知道自己接下来该做什么才是正确的，她能做的只有不做，什么都不做。

收割机的履带被驱动着不停转动，威风凛凛。前面的割刀被稻田的稻秆子磨得锃亮，后面一群人跟着呀，他们手里拿着袋子，不停地递给收割机上的人。收割机所到之处，稻子就会被割刀割起，稻谷被打落下来，全部装进袋子里，而稻秆子就会排列整齐地掉落在一旁。晏羽看到他祖母也在人群后面跟着，他不想再待在这里了。哪怕河流过去那两根长长的云杉树桩也提不起晏羽兴趣，再过去那石拱桥上的木梓树菱形的叶片彻底是患了病，如火，妖艳，红过早上的太阳。晏羽跟着他祖母的步伐而去，雅玲和明科在原地，看着远去的晏羽，天上就轰隆隆的。是飞机，飞机好低呀，飞机好大啊，得去追，明科和雅玲跟着飞机快乐地跑。

飞机比大洪水厉害，能够飞越山林，看到底下盆地里全都是居民房。

今天晚上是满天繁星，晏羽祖母在家里忙上忙下，嘴里念念叨叨，盼望着不要下雨。晏羽祖母也感到诧异，早上的太阳那么红，老话说朝霞不出门。晚上却又有星星，这样第二天应该还是个晴天。啧，那这雨，该是什么时候下呢？晏羽他母亲小鞶也在帮他祖母，晏羽好几次想去问他母亲小鞶关于父亲晏矶道的事情。他想问他父亲晏矶道是不是真如明科、雅玲所说被人抓了去，晏羽也是知道自己家里欠了别人很多钱，他也不太喜欢他父亲，但他不相信他父亲晏矶道会丢下他一个人跑了。

这个话一直没有说出口，晏羽最终还是没发问。在房间透过窗看着天空最亮的那颗星，还是那奇妙的感觉。天空那颗最明亮的星星注视着他，他知道是一双眼睛，他抬头仔细观察过。隔着那么远的距离，那月亮又出来了，还是一只三条腿的冰蛤蟆。月亮上看来真的是很冷的，这只蛤蟆从地面飞上月亮上又被冻住了，假月亮没有真月亮的好待遇。蛤蟆都是残疾的三条腿了，被冻过一回了还要冻，不知道早上还会不会掉落下来。哦，这恐怕就是别人说的流星吧？哦，恐龙灭绝就是因为流星吧？以前的动物都比较大，搞不好以前的蛤蟆非常非常大，然后从天上落下来，砸到了很多东西。哦，不会是惊扰到了大鲶鱼的休息吧？大鲶鱼把世界搞得地动山摇，恐龙们就全都掉进最大的坑里，然后就灭绝了。

晏羽在床上辗转反侧，远古恐龙又在大战。天上好多好多大蛤蟆要落下来，要砸恐龙，但又莫名其妙地联想到他的父亲晏矶道。母亲小鞶这时候进房间，看着她还未入睡的儿子，她若有所思地说："你爸爸要再过几天才回来。"

"我才不管他回不回来呢，他不在家没人管，我和雅玲、明科他们玩得可开心了。"晏羽装作满不在乎地说，"我还要和雅玲、明科他们一起去捡蘑菇，我们知道哪里有蘑菇，能吃的蘑菇。"

母亲小鞶顺着儿子晏羽的视线看了看窗外的月亮，母亲小犟应该是知道了一些事，也没多说什么，关上房门离开了。第二天天亮的时候，那只冰蛤蟆还在，这让晏羽有些宽心。晏羽早早起来，穿好衣服，母亲小犟也很早起来，她也要去田里收稻子。临走时还表示，要不要再准备一个篮子，给晏羽装蘑菇用。晏羽这次拒绝了，他说不用。如果有蘑菇的话，他就把衣服脱下来装着蘑菇带回家。母亲小犟笑了笑，没有说什么，她也许知道儿子捡不到蘑菇。而晏羽这么做也是有原因的，他知道该和明科说什么了，他知道，他全都知道了。

晏羽去找明科和雅玲，一路上全是人，以前的路上根本是没有人的。也是巧了，这几天路上人越来越多，而且每一个人的眼神都直勾勾地盯着晏羽。晏羽以前遇到这些人都会热情打招呼，但今天他无论如何也打不出来，他不知道为什么，他很害怕，他害怕这些目光。低着头，装作没有看见，夹着尾巴和狗一样地离开，却还能听见路上行人讲话。这些人讲话并不避讳，说什么好个晏矶道，这个人就是搞旁门左道，只会炒股，结果全赔了。全都搭进去了之后还偷偷逃跑了！据说被纳入失信人名单里了，被拉入黑名单了，其实哪都走不了，肯定是被警察抓走了。车子、房子也抵押了，他就没买过车子，车子都是租的，反正全都还回去了……

晏羽说："去山林吧。"

雅玲问："去山林干什么？"

晏羽说："去采肉蘑菇。"

明科问："什么叫肉蘑菇？"

晏羽说："狼王吃的肉蘑菇。"

三个人面面相觑，大家都心领神会，此时什么东西都被抛之脑后，大家心里有了同样的目标。这几天没有人捡蘑菇了，为什么？家家户户都去收稻谷了呀，谷子才是最重要的，蘑菇只不过是平常生活中的小惊喜。在松针底下，在灌木丛里，在不起眼的路边，蘑菇长大了。松树有的生病了，红色的松针，干枯，没有掉落在地，和旁边没生病的绿色一样留在树上，如火焰般燃烧。

要特别留意，这种树下容易有蘑菇，蘑菇也许就是树的蛋。生病的树估计就要死了，它们要把自己最后的愿望存在蛋里，蛋就孵化成蘑菇，蘑菇显现出来的颜色就是这棵树的愿望。所以蘑菇是五颜六色的，不同的树和不同的人一样，愿望也不相同。它们已经把自己的种子埋进了土地里，完成了它们的本职任务，蘑菇则是它们作为一棵树的最后的理想化身。

这是明科带的路，雅玲在后面跟随，是去他们最后见到狼王的地方。地貌已经不是原来的地貌了，没有狼王洞了，就连沟壑形成的小溪流也被填了。但是这一次来有收获，有菇，不是成群成群的存在，就一个。这个小菇躲在一片不知道什么树的叶子底下，像是路面下水道井盖被打开，从暗处探出一个小脑袋。

晏羽问："红色的，是这个吗？"

明科说："上面有小白斑点，是这个。"

雅玲说："好像是这个。"

晏羽掀掉蘑菇盖上的叶片，这个红色的蘑菇新鲜得很。白色的菇柄撑起来红色的伞盖，这是一把已经打开了的伞。晏羽很小心，没有直接连根拔起，他是用手轻轻地在这个蘑菇柄底部用手指盖划出一圈痕，然后手指用力把这个菇完整地拿起来。看着地下残留着的菇柄，空心的一圈就像是被砍伐掉的树木，蘑菇果然是树木最后的夙愿。晏羽将这个菇拿在手上闻了闻，好像是土豆的气味，还刺鼻，并不像晏羽脑海中设想的菇该有的气味。

明科想到了什么，突然问：“你要干什么？”

晏羽也明白，他回答：“吃，吃了它我就知道这是不是肉的了。”

说话的声音刚刚才断，雅玲就看到晏羽把肉蘑菇直接塞到嘴里，那么大的伞盖被他咬掉半圆形的一块。这下可把雅玲急的，她想过去打掉晏羽手上剩下的那个蘑菇，上蹿下跳地说：“我们这没人吃狼王的蘑菇，这蘑菇是狼王吃的，不是人吃的！”

明科却迫不及待发问：“是肉的味道吗？还是普通的蘑菇？狼王到底是吃肉的还是吃蘑菇的？”

晏羽低下头看着手上的蘑菇，他摇摇头说：“就是蘑菇，不是肉。”

明科哈哈大笑，边笑边说：“我就说吧，从一开始就说吧，没骗你吧，狼王只吃蘑菇，不吃肉的。”

晏羽还是有些不甘心地说：“肯定是因为没有做熟，现在这是一块生肉，不是熟肉。”

明科不乐意了，回击晏羽：“狼王就是生吃的。你还在这里不承认，我妈说你爸是罪犯，是大坏蛋，她不让我跟你玩，你是大坏蛋的儿子，是小坏蛋。”

每个人都是蛋，都从蛋里孵出来，最后也还会被烧成蛋。可人是好蛋，不是坏蛋，坏了的蛋里面就稀稀软软混成一摊。晏羽觉得自己受到了极大的辱骂，他不是坏蛋！

一股热量在晏羽的脸上冲撞，从脖子到脸再到眼睛，围着眼睛周围被热得发烫，额头、脸颊，最终是找到了释放点，热量从眼睛里飞出来了。晏羽一下子就哭了，不知道为什么眼泪流出如此之快，就真的和豆子一样一粒一粒往下蹦跶。晏羽在没有被眼泪完全控制情绪的情况下，嘴巴不停说不是小坏蛋，他父亲也不是大坏蛋。晏羽是想，他来到这里就想，他觉得狼王肯定是吃肉的，他是想证明自己，证明之前自己所说的话全都是正确的。可是现在晏羽吃了这个蘑菇，蘑菇真的不是肉的味道，他觉得所有的一切都是失败。被小伙伴们看不起，父亲晏矶道也离他而去，而且他还害了他的父亲，是他给讨债的人指引正确的路。

晏羽是真的不想哭，可这由不得他。他跑了，一个人边哭边跑。他不想再待在这里，他觉得这块土地不属于他，来了这么久也是陌生，他想他的鱼弟弟们了。

很长的一段路，晏羽打死也不知道自己跑多长的一段路，他的脑子里只想回家，回祖母的家。倘若他有意识的话，他回过头来再看这件事，他才会知道自己那一天究竟有多神奇。这么长的路，他走路都很难不停歇地走完，现在还是不停歇跑完的。路上的人看着他这副模样，多是耻笑，也不会问具体原因，都心领神会地相视一笑。农村是熟人社会，只要有人失信，欠债不还，那他们一家人在熟人社会里很难生存。这不能怪别人，不能怪街里街坊不讲人情，因为所有人都知道在熟人社会里出现这种情况是怎样的结果，每个人都知道是怎样的结果你依旧还是这么做了，那也就怪不得别人。

在家的祖母看到自己的孙儿这样委屈可怜地跑过来，才担心地询问："我的好儿，你怎么了？"

晏羽把手臂架在头上，蒙住脸，他表示自己过敏，有些不舒服，想回房间睡觉。祖母一下子就发现不对劲，不管怎样都要看看她孙子到底发生了什么事。用力把晏羽的手放下来，发现晏羽脸上通红，眼泪稀里哗啦还在往下流。祖母想这究竟是受了怎样的委屈？祖母是何等人啊，一眼就看出来自己孙儿是受了委屈。她这孙儿脑子有问题，先天性智力障碍，她就要逼问晏羽，她想知道究竟是哪个该死的欺负了她的宝贝。

此时的晏羽站立不稳，脸的颜色依旧还是红。晏羽祖母发现不对劲，脸上很烫，莫非自己的孙子真是过敏了？随即，晏羽感觉自己的肚子在奔涌，变软成了液体，和眼泪一样流动，是又想吐又想拉。晏羽已经控制不了自己的身体了。

祖母吓坏了，赶紧惶恐地四处乱叫："来人啊，救命啊！小鞶！救命啊！"

趁着雨水到来前最后的一个晴天，小颦在楼上翻晒着稻谷，一亩两亩地总归有些收成。麻雀、斑鸠这些鸟来来往往，小颦正在驱赶鸟群，突然听到楼底下传来呼叫，是要救命。立即匆匆忙忙下楼，生怕自己速度慢了。映入眼帘的是地下一堆有颗粒状的污渍，自己的儿子跪倒在地，脸贴在地面上，眼睛无神地盯着这一摊污渍。是儿子的呕吐物！小颦再怎么处事不惊再怎么镇定自若，身体也很本能地软了下来，立马半跪着过来扶住自己的儿子。她眼神里此刻尽是责怪，又好像是在质问，质问此时也慌乱无措的晏羽祖母：怎么成这样?

晏羽能感觉到是自己母亲小颦在右边，左边是他的祖母。可他的眼睛，他的眼睛好像在不停穿梭，飞驰的动车顺着轨道在隧道里不停地快速穿梭。随即晏羽脑袋变得好重，他的脑袋根本就动不了了，像气球一样越来越大，自己的身子越来越小。不对，周围的一切同样变得好小好小，他脑袋大到要把整个房子都撑破。

房子被撑破后是恐龙的破壳，而出现在信息化大陆上的飞机在天上掠过，看到同伴而行的翼龙如此庞大的身躯，显现生命最高的奥秘。从骨骼、构造、皮肤、技能、习性展现出的魅力，堪比更高处的太阳，散发热量和刺眼的光芒，映射在玻璃制的高楼大厦，高度降低成一座一座三层小平楼紧促相连，构成一座完整的城里地板上那一摊一摊的污渍，是血液被一只巨大的苍蝇着落后，不停用它那个吸管来吸食五颜六色的血凝，穿红戴绿，活像一个小丑，在风里摇摆来摇摆去，在水里游左边游右边。想要爬过铁丝网求救的年轻女人，被无数双手禁锢，很多只黑白相间的猫，死了很久，活在梦里，梦见很多人类想要将猫杀死。凶恶的人在周围步步紧逼，一个又一个的黑影成了椅子，就是凳子，就是桌子，就是人爬在泥泞里打滚动着身体，越来越轻地扇动胳膊，用力将手上抬，抓住五十米高的草叶，边缘是一颗一颗巨大的露水球，被表面张力兜住灵魂，扭动鲜活的舞姿，鬼魅般瘆人后想要逃离，开始穿过一个又一个的小平楼房，墙薄得和纸一样，被轻易穿透却怎么也找不到出口，环环绕绕，像是鱼的鳃里全都是站立的鱼群，十八只，挥动三十六对鱼翅在说话。

全都在说：“去龙门，去龙门。”

三

蓄谋已久的大雨终于落下，大地好像恭候多时了。空气中弥漫的，乃至全世界弥漫的全都是那泥土的清新，它裹带着雨水的甘甜像是落下的桂花。好闻的气味足以让人睁不开眼睛，更多则是要闭眼去贪婪享受。雨势更是如此，如同一大桶胶水从上往下倒，世界被打击了，用如此黏稠的方式将其粘连静止住。水就是这么神奇，清洗一切毁灭一切。河流里的水早就按捺不住了，新同伴的加入让它们越发躁动起来，去冲山了，水往上流。越来越多冲击，越来越猛，而那边的山有一种梦幻的白，不是被雪覆盖，只是像一块完整的干干净净的时间。

在我失去知觉之后两天里我有三次恢复了知觉。

第一次是我母亲小鞶把我的大头用双手托起来奔跑，她还不停呼唤我的名字，她叫我晏羽。我能感觉到我身上好多水，我像在水里飞。那些水是天上的神仙，神仙一个个坐在水滴上，像白鹭一个个立在牛背上，神仙是坐着坐骑下凡的。水落在我母亲身上，而我的脑袋大大的。水也大大的，落在我脸上好大一块，神仙想让我喝水。我就张大了嘴，大脑袋张大嘴，像是一口深缸，缸里水满了我就咽下去。

第二次是我感觉到我父亲晏矶道在我旁边，他把我安放在一张白白的床上。我眼睛那微微的眯缝中，看见这白白的床上一堆白色的小球，小球上有人的脸，睁大眼睛张大嘴，好恐怖！我身体本能地抵触，我不想接受这张白床，我尖叫我动弹。这时候我不知道是谁，有一双大手一直都在抚摸我，试图让我镇定下来。我终究没有躺在这张白床上，我一直被放在椅子上，椅子就只能承载我的大头。我的身体就和水母一样，头顶着椅子，身体翻过来，手脚不停随波乱摆。椅子底下有一个小小的潜水员，他在水中不停地游动。

第三次是我看到了一个穿白色衣服的人不知道用什么东西扎我，白色一定是世界上最好的颜色，什么东西都是白色的。被扎之后我其实也没有感觉到多少疼痛，只是我感觉到好像有一条七扭八扭的土蚕虫从被扎的这个洞口钻入我的身体。我的身体也被他七扭八扭搞得一会儿鼓胀一会儿不鼓，好像是被放了气，我的头慢慢泄气，要变回正常大小。这条土蚕虫还不消停，好像我身上每个地方它都要去待一遍。我不知道它究竟想要干什么，它不会是想要吃我身上的肉吧？因为我感觉我庞大的脑袋被他吃得小了很多。它慢慢变大，它吃饱喝足当然会长身体了。我现在怕的是它会生小孩，它会在我身体里面下蛋，从蛋里出来很多小崽子。一旁的那个穿白色衣服的人他可不管这些，他好像是和别人讲话，不是对我讲，说什么中毒，然后还说我脑子先天性障碍，恐怕以后彻底精神错乱了。

第四天，另外一个穿白色衣服的人又来扎我，这次我感觉到疼痛了，好痛好痛！这一次她不是往我身体里放东西，而是想从我身体里吸东西，好像是那一条巨大的土蚕虫想从这个小孔里出来。无比的疼痛，和大蟒蛇一样盘绕着我整个身体的巨大土蚕虫要冲破我的皮肤，它粗壮得和我手臂一样，竟然还想从我手臂上那个被扎出来的小孔里出来。我的手臂像是炸开一样。我宁愿它炸开，此时皮肤它却坚韧得又和橡胶一样富有弹性，我只能无奈地感觉到被土蚕虫硬生生挤出一个大洞。毒蛇要出洞了，我手臂上的肌肉骨骼都在错位，就是为了给土蚕虫腾出空间。这条虫粗就算了，还起码有五米长。在土蚕虫的蠕动伴随着巨大的疼痛之后，我的身体居然一阵舒适。而我也看清楚了眼前的这条大白虫，我从土里刨出过它，那时候还很小，真像蚕。它是金龟甲的幼虫，肥肥地蜷缩在一圈，它的两边还有一排排的黑点。

巨大的土蚕虫就在那床下从金龟甲变成了一个金龟子。好大的金龟子，比那种几百年的大乌龟都要大。金龟子后面的甲壳开启，藏匿于甲壳之内的翅膀扇动掀起巨大风暴，我被风吹得睁不开眼睛。然后听到左边的玻璃门被撞破玻璃碎了一地的声音，巨大的腾空起飞一定会消耗巨大的准备。我知道，我想金龟子肯定是飞出了窗外，飞上高高的九天之外了。

我的母亲小鞶在我旁边，她看到我睁开眼睛，看到我的眼睛里回过神来，她很开心。我猛一激灵，因为我母亲在我旁边的椅子上，那就我岂不是睡在床上？然后再一感受，为什么我背后软软的又硬硬的，我是躺在我父亲晏矶道身上！软软的是他的肉，硬硬的是他的骨头。不会我睡着了就一直躺在我父亲身上吧？我想开口讲话，但是话到嘴边又讲不出来。我母亲看出了我的动作，示意我不要激动，慢慢说："不要怕，只不过是楼上有人乱扔垃圾，垃圾扔下去砸破了底下轿车的玻璃。"

我左右晃动，反复转动自己的身体，表示躺着并不舒服。我父亲晏矶道这才意识到我的意图，他先慢慢起身让我坐立起来，然后他用力将我抱起，这才脱离床铺双脚着地。等我母亲小鞶把床铺又拍拍捋捋，我父亲才把我重新放在病床上。他看着我，我冲他微笑了一下。我就知道他不是丢下我们自己一个人逃跑，他应该不是大坏蛋。他过来喂我吃的，好像就是稀饭，吃在嘴里软绵绵的。一碗下肚不够。还得一碗，我连吃三大碗。

喝了一杯水之后，身心愉悦，我终于能讲话了。我开口的第一句话就是："我终于知道天上那颗最亮的星星为什么是月亮了！"

我父亲晏矶道在为我康复了开心的同时，对我这个话产生了深深的焦虑。他在思考，我母亲小鞶也在思考。我也感到奇怪，我应该和他们说过呀，我肯定和他们说过天上的那颗星星亮闪闪像眼睛一样不停地看着我，我甚至怀疑过是不是人自己的眼睛在天黑趁人睡觉的时候，偷摸地爬上天上看着大地，或者就是为了看自己家，看看夜晚的时候有没有小偷或贼过来。我总是隐约感觉那个眼睛是在看我，现在我终于明白了，是我祖父晏书。

“天上那颗眼睛就是爷爷的眼睛，爷爷的眼睛在天上看着我呀！它闪着最亮的光，它其实不是月亮，月亮还是那只三条腿的蛤蟆。”

我父亲晏矶道和我母亲小鞶相互一对视，似乎心领神会，而且同时又表现出了更加对我的忧虑。我很久没有听过我父亲讲话，一连这么多天，此时他开口的第一句话是：“正是静休之时，切勿前所为者皆废，切勿气火攻心，待吾儿愈，父子二人再畅言达旦。”

听到这些乱七八糟的话，我瞬间对我父亲晏矶道的好感降为零。还是这老一套，我不想再搭理他，我转头冲我的母亲，冲她说：“妈，你知道吗，原来爷爷变成蛋了之后他就飞到天上去了！每个人都是这样，就是死了吧。死了之后就会飞上天，成为天上的一颗星星。我们就和住楼房一样，我们想去楼上必须就要变成蛋，就是死了。楼上的神仙想下来就必须变成雨，落在地面上。我不知道我们是最底层还是第几层，因为我们好像没有办法到我们的楼下，就是下一层去。”

我母亲小鞶也对我的这些话没有什么反应，一旁的我父亲晏矶道发现我并不搭理他，有一些失落。他是想和我有交流的，没想到我对他还是这种态度。我听不得他嘴里的那些文言词，他也只能作罢。然后我的母亲，走到我的床边抚摸我的额头，她是很耐心地询问我："你为什么会生吃毒蘑菇？"

我回答："因为我想知道这个蘑菇是不是肉的。"

"蘑菇是蘑菇，肉是肉，蘑菇不可能是肉。"

"有一种很神奇的狼王，它不吃肉，它只吃蘑菇。我觉得狼一定是吃肉的，它吃蘑菇那么这蘑菇肯定也是肉做的，所以我想试试。"

我母亲像是又确定了什么，尽管她心里肯定确定过无数次，现在听到我说什么狼王，终于打破了她内心那最后的幻想。尘埃落定，没有任何希望了。无奈，我母亲感到深深的无奈，对于我，她的眼睛里告诉我的是她已经没有任何办法了。

"儿子，你吃毒蘑菇中毒了。"

"什么是中毒？"

"中毒啊，中毒就是别人都来说你笨，说你不聪明。你无论做什么别人都认为你是错的，别人都会嘲笑你的与众不同。"

"那是别人中毒了呀，我没中毒。"

"对，是别人中毒了，我儿子是不会中毒的。"

我母亲小韃从脸上很艰难地挤出一个微笑，然后她忍住自己的情绪往病房外走。出病房的那一刻，我看见她用手捂住自己的嘴巴，我父亲晏矶道也跟了出去。

当我的父亲母亲不在我身边，我一个人躺在病床上的时候，我终于回想起我看到了很多我从来没有见到的东西。我眼睛里的颜色绚丽多彩，魔幻扭曲和水流动的漩涡一样，同时又和彩虹一样光彩夺目。首先是我觉得我的脑袋变得好大好大，然后周围所有一切都变化无穷，不会动的物件都会动。最后我把家里的房子都给顶破了。我还看到了鱼弟弟们，可我不知道具体是谁，好像它们都在，鱼弟弟们再一次和我说话。它们都是一起和我说话，我想它们了，它们告诉我让我去跃龙门。

等我父亲我母亲回来，我看见我母亲小鑋的眼眶红红的，我父亲晏矶道低眉耷眼，面色铁青。我母亲还有话要问，她和刚才一模一样，又是走到我身旁坐下，很耐心地问我："我听你奶奶说你受了委屈，你是哭着跑过来的，别人欺负你了？"

我立马摇头："没有，我不会受委屈的，我和小伙伴们玩得可开心了。"

我不想让他们担心这个问题，我不想让我母亲小鑋在我和小伙伴们之间花费心思。我和明科、雅玲的事是我们小孩自己的事，和大人无关。我父亲晏矶道回来了，那就说明我父亲不是欠债不还的人，也没有人找他的麻烦，我父亲更不是畏罪潜逃。他不是大坏蛋，我也不是小坏蛋。只要我把事情说清楚了，明科他们也会看到的，等他们亲眼看到了我父亲，那明科母亲告诉他的所有事都是假的，我又可以和他们在一起玩了。这些都在我的计划之内，我根本就不担心。我唯一感到奇怪的就是，我醒了之后雨就停了。

这场雨好像是为我下的。我不知道我自己为什么会有这样的感觉，有可能是错觉。我醒了之后，我发现一切都很安静，除了我和我父亲母亲讲了几句话，病房里也有其他的病人，大家都很安静。窗户外也没有滴滴答答的声音，雨停了，对，雨停了，这场大雨终于停了。在我脑海中比较深刻的感知里，我感受到了雨。我感受到了神仙又一次乘雨而下，这一次下来他们不知道要干什么，不知道会不会又来带走一棵云杉树，或者是把之前带走的云杉树还回来。

“妈，今天第几天了？”

“今天是第四天。”

“哦，原来大雨下了四天。”我说，“我们什么时候回去？”

“天晴了我们就可以回去了。”

“天现在已经晴了。”

“天气预报说明天又会下雨。”

“天可真讨厌，我现在有点讨厌天上的神仙了。不对，天上的那一层住的也是人。他们老是下来，那……会不会爷爷也下来了？晚上的时候爷爷在天上一个人孤零零的。我们都在地上，所以他才会连下这么多天雨。爷爷也想到地面上来吧？他想我们了。”

“你说得对，我儿子说得都对。”

“那我说我爷爷明天回来。”

“爷爷明天一定会回来。”

今天晚上吃的还是一碗米粥，在这里已经观察不到天上的星星，可我还很高兴，心情愉悦，很早很早就睡了。晚上睡觉的时候又梦见了一遍远古世界，那种感觉好奇妙，在巨大繁茂的世界里我好小，提心吊胆就像身处于繁茂巨大世界里的蚂蚁。恐龙的灭绝真是一件大坏事，但同时人就很幸运。倘若时至今日还有恐龙的话，我们人就一定很危险。我也该知道，就是因为没有恐龙，我们才会这么好。

我父亲和我母亲在一旁好像又陷入了沉思，他们并没有从我清醒过来的开心里持续很久。医院晚上睡觉的时候是不提供病床的，只是有一个秃头的老男人从门外探个脑袋进来，轻声问三个字，要床吗？我母亲和我父亲点头。然后过不了多久，这个老头又过来了，手里扛着两个铁架子，把铁架子交托给地板，撑开后，原来就是床。随即老头收了钱，又跑出去跑进来，这次进来的时候手上就又多了两张被子，绿油油的。我父亲和我母亲一个挨着我床头，一个挨着我床尾，没有挡住过道。就这样过一晚。也许之前很多个夜晚都是这样。

一觉醒过来，没有听到鸡鸣。鸡不跟太阳说话了，这里的鸡很矫情，城市里的鸡都是这样。我知道城市里的公鸡只会出现在菜市场，它们只会和自己的同伴讲话。可能是菜市场上的大棚遮住了天空，它们才会看不到天上那一轮火红色的三足乌。既然看不到就不知道，没见面就打招呼讲话，我其实是能理解的。

吃过午饭，病房门外人来人往。医院是我认为最不应该存在于这个世界上的东西，这个世界上就不该有医院。还是要再提一遍，医院真的不该存在于世，我相信没有一个人是真愿意来这个地方。可越是不想来的地方，越人来人往，都有说有笑的。人有一种特别的能力，无论多大的痛苦，无论多大的磨难，人总是会用一种巧妙的搞笑的方式缓解带来的恐惧感。想想就知道，每一个穿着白色衣服的蛋，手里必定会拿各种各样的东西扎人。来这里的人就是来挨扎，能不怕吗？的确需要用一种方式缓解。

那巨大的土蚕虫最喜欢钻入人的身体，然后又顺着扎出来的小孔钻出。它们的生活就是这样，无论什么东西都必须要长大，必须要补充营养，然后才能长成金龟子飞出去。每一个能飞上蓝天的，都会为飞行做很多准备，我也能够理解。如果说身体里的营养满足不了这些土蚕虫，会不会就赖在身体里不走了？又或者说他们把我们身体里面好的东西都吃掉，吃掉我们的肚子，吃掉我们的脑子。可我又没想到，油亮的皮鞋和光滑的瓷地板碰撞的声音如此之清脆，如此之近，甚至来到了我的面前。来了三个人，他们穿着整齐，这一次每个人还戴了一个黑色的眼镜。阵势很大，让周围的病人都吃了一惊，一些刚来这里的没被扎针的病人甚至大喊：“煤球精！”

我顿时感觉到周围异样的目光，这目光我在明科和雅玲身上见到过，但是没有这么明显，只是一闪而过。我母亲小鞶摇摇头，坐在原地，看了看我，发现我并没有什么动静。我也真是无能，再次面对这群人，我居然做出了比上次更蠢的举动。上一次我能够热情、没有任何胆怯地和他们说话，很自信地给他们指了正确的道路。这一次我却假装什么事都没有发生，假装不认识他们，很懦弱地看着他们把我父亲带走。

我母亲小韡多次看我，看我实在是没有反应之后，咬了咬牙，然后又咬了咬嘴唇，还是按捺不住地走出去了。接下来我什么都不知道，我只知道等他们再回来，我父亲晏矶道的头发变得凌乱，两只眼睛更加无神。我母亲小韡似乎也累了，厌倦了，身上软绵绵似的又回到原来的位置。那些投来异样眼光的人，包括躺在床上的病人也用他们异样的眼光看着周围的一切。我看出来他们想开口发问，我也想开口。

我可能问了所有人想问的一句话："刚才那些人是谁？"

我母亲小韡没回答，我父亲晏矶道他也没回答。

我继续追问："他们找你们干什么？"

我父亲晏矶道听完我的话出去了，没有再回来。从这到出院的最后一刻，到我真正离开医院迈出医院的门，他都没有再回来过。我母亲小韡在我父亲走后反倒慢条斯理地回答我的问题："他们是有钱的人。"

"别人说我爸他欠了很多钱。"

"别人说得没错。"

"别人还说我爸他扔下我们不管了。"

"不是。你爸从来不会扔下你，你爸扔下谁也不会扔下你。"

"可是他一个人逃跑了。"

"他只是一个人去面对了。"

"那他不是大坏蛋对吧？"

"你爸爸是大侠。"

我从来不认为我父亲晏矶道他是大侠，可我母亲小颦坚定不移地告诉了我，我不知道我母亲为什么无条件相信我父亲。我一早就说过，我母亲对我父亲满口的胡话从来不加以制止，我不知道她是真理解还是不在乎。事到如今，我母亲她在旁边很少说话，好像真的只有我父亲晏矶道在承受。我不知道为什么在此刻要怀念起我的爷爷晏书，我爷爷晏书在世的时候，我家从来没有这样颓丧，这样的日子根本不存在。

暴雨还在持续，同床的病人惊呼今年是一个怪年。老话虽然说一场秋雨一场凉，但今年的秋季如同夏季梅雨的时节，一场又一场的雨冲刷了一座又一座的城。就是因为雨才滋生了很多病，这世界上所有的不如意，其实都可以怪在雨头上。我觉得也对，我们才是这个世界的主人，在这座屋子里，我们已经住得好好的，楼上的邻居真没必要时时刻刻都往楼下转，就像我们从来不往楼底下转一样。倘若真的能够上下串门的话，我倒也想到上面去看一看。我不知道在哪里看过，我好像坐过飞机，我忘记了。我记得天上的土地是白色的，可能也是因为长满了白色的草，白色的草毛茸茸的，可能就是我们看到的云。没有建筑，没有人烟，可能只是我们这一层的吊顶。穿过吊顶，顶上还有一层天花板，天花板厚厚的一层，再往上可能才是真正的上一层地面。

第二天的雨势其实要小一点，不同的蛋每天都来观察我的情况。现在是频频点头，面带微笑。他们现在扎我不像以前那样，现在扎我的是一个可以吊起来的小瓶，小瓶连接长长的管子。别以为我不知道，这个小瓶子的水里面有透明的鱼。我能和鱼讲话的，只不过里面的这些鱼都死了，里面全都是鱼的壳。他们把鱼的壳注进我的身体，在我身体里面就会长成鳞片，为了修复之前那个土蚕虫在我体内咬的伤痕。鱼弟弟们曾经告诉我，他们身上的鳞片就是为了保护他们身体的，倘若有一天他们成了龙，他们身上的鳞片就会变成金色。

第三天的雨基本上停了，早上来的不是穿白色衣服的蛋，又是那一群人。他们上下四周环顾，没有看到我父亲晏矶道，我母亲还躺在我床边的那个小的担架床上。那群人也不管不顾，直接站在我床尾，威胁的语气，他们说："我们老板已经正式起诉了，法院的传单很快就下来，可别怪我们无情，我们也是替人办事。"

我母亲小鬘只是稍微翻了一下身，动了动，并没有起来，也没有做出任何回答。那些人一双双眼睛看着我，我害怕地看着他们，僵持了两三分钟，人才离去。然后我母亲小鬘一个鲤鱼打挺，立马就起身，然后收拾东西，一边收拾东西一边问我。

"儿子，天晴了。"

"我们要回家了吗？"

"你想家了吗？"

"明科和雅玲还等着我一起玩呢。"

"那你感觉怎么样？"

"什么感觉呀？"

“中毒的感觉。”

“我没中毒啊，你说我不会中毒的。”

“我儿子不会中毒的。”

“我不会中毒的，我好着呢。”

下午，我在医院里蓝得和天空一样的塑料凳子上坐着。小凳子冰冰凉，我坐了很久都不热，看来天上的蛤蟆被冻得要死是真的，天上很凉。我是在这里看着我母亲小鑻，我母亲在和家里的客厅一样的地方，和很多人一起排着队。她一会在这排，一会又在那排。他们那些人就和大雁一样，大雁在一起成群结队的飞在天上一定会飞很久吧。反正我等了很久，我终于看见我母亲手上又拿着钱又拿着一堆票据过来，然后拿起家里的大袋子和桶，她过来要牵我的手。我跟着她走了一段路，回头看看这座好白的大楼，和里面穿白色衣服的蛋一样的白色，我父亲晏矶道依旧还没出现。

“我爸怎么又不见了？”

“他在家里等你。”

我母亲小鑻的语气很肯定，我听着也很舒心。我父亲晏矶道那次离开之后，就一直在家等我们。我和我母亲小鑻又坐了公交车，没有坐火车。这里好像不是城市，在我之前的印象里城里就和巨大繁茂的恐龙世界一样，现在这里除了这个医院高高耸立之外，其他的都很矮。我好像来过这里，有很多事我记得不是很清楚，我也不太想这些，我只是感觉到有些相似，周围的建筑都和大松树一样高。我们来到一个全是车的地方，坐上一辆，这我记得，我第一次来这个地方也是在这个地方坐车的。果不其然，坐了一段时间后，车子就将我们放下，剩下的路要自己走。这次比较幸运，我母亲小鞶好像碰见了村里的人。一段寒暄之后，我们上了一辆三轮车，三轮车轰轰嗒嗒的声音居然也和天上的飞机差不多。坐在这三轮车上一路磕磕碰碰，倒不是路不平，只不过这三轮车的斗好像老化了，伴随着轰轰嗒嗒一起晃。

雨过之后，一切都变了，我感觉到这个地方又熟悉又陌生。终于又见到河流，隔着好远，我望见那里还是没有云杉树。看来这么多天的雨，白下了，天上的神仙根本就不是为了归还云杉树，他们也许还从哪里又偷偷扛走了一棵云杉树。云杉树就是这样的长相，它们特别高耸，可能这样不讨神仙喜欢，扎了神仙的屁股。回到家第一时间我就跑进房间看，我父亲晏矾道的确在家，但他没有来迎接我，他只是埋头在写东西。我看见他在抓耳挠腮，冥思苦想。我还看见了他耳朵旁边好像有淤青，不明白为什么会出现这种东西。

我母亲小鞶把东西放下，走到他旁边，稍微问了一句：“还没写完吗？”

我父亲晏矾道回答说：“金凤阙，玉龙墀，看君来换锦袍时。姮娥已有殷勤约，留著蟾宫第一枝。”

我母亲便没有再问。

之后的几天，我父亲晏矾道一直都在做这个事情，我只听到“啪”一声，是手重重拍在桌子上发出的声音。他好像完成了一件事情，他甚至不顾其他人直接跑到房里抱起我的母亲，拼命地亲吻。这是我祖父晏书死后，我父亲笑得最有自信的一次。我在家里也是没有再出去，因为我母亲叮嘱我，虽然我现在已经回家，但是周围的人还是中毒的。周围的人没有解毒，她怕别人影响到我。我觉得也对，明科和雅玲应该也是有些中毒的迹象。等我母亲说可以和他们玩的时候，我再去找他们。也是巧了，我应该问一下我母亲小鞶什么时候这些毒可以解，但是我没有问。

我在晚上的时候又看着天空，又看到我祖父在天上看着我。它没有以前那么亮了，不知道为什么这一次回来我祖父光芒就暗淡了，相反是那个月亮，我一直以为它是假的，但它是真的。真月亮越来越亮了，是一个巨大的路灯，我甚至能够通过它的光亮望到很远的山上有只鸟在睡觉。月亮里面的蛤蟆还是没有任何变化，还是残疾的三条腿，还是被冰冻着。早上的时候月亮不出来了，我不知道是不是它早早地就从天上掉落地面。我现在不知道了。外面的事情我不太知道，我只知道家里的事，我知道我父亲晏矶道的开心满打满算没有四天，那群人又来了，这一次他们直接来到了我的家里。

“开门开门，天王老子来了！”

我家的门根本没有关，但是我知道我父亲晏矶道他必须要去开门。他故作镇定地扭过头，翻了白眼，刻意表现出自己的愤怒和不满。

“怎么还不开门？给你三秒钟，砸门了啊。”

“三！”

“二！”

“一！”

我母亲小犟赶紧上前交涉：“门这不是开了吗？别激动。”

我父亲晏矶道上前，将已经打开的门又打开，只有打开已经打开的门才能看见门外究竟是谁。我说的没有错，我曾经给他们指引过正确的道路，他们曾经也在医院里和我对视过，或许他们之前在大火炉那里就出现过。

“姓晏的，你敢不开门？”

我母亲小犟冷声道：“不敢不敢。”

“问你了吗？你姓晏吗？你有姓吗？”

我母亲小犟又说：“没有吧，可能也是姓晏，可能不是。”

“有意思有意思。”

我父亲晏矶道在旁边忍了很久，终于开口：“息由吾担之，吾妻与之无关。”

“老子不想她无关就无关，可现在偏偏让她有关，你又能怎么样呢？”

我父亲晏矶道摇摇头道：“巧言不如直言。”

“你这是什么态度？”

我父亲晏矶道再次摇头说：“吾有言在先，愿为此担之，既何三番五次扰也。”

“三番五次？如果你老实还钱我们会来吗？这么长时间，我们也算仁至义尽了。你还敢背着我们偷偷跑到这个地方躲起来，行！这就算了，你居然还扔下家人一个人跑了，真有你的，你是肯定不会老实的。老天爷有眼，让你的儿子不得安宁，要不然你会回来？看来我们那天在医院里教训你还不够，你又一个人跑回来，又躲了起来，捉迷藏躲猫猫可不好玩！”

这时候我母亲小鞶说话了：“上次在医院我们就已经给了你们一些钱，你们这么快不记得了？我丈夫选择回农村，是全家人的决定，这不应该很正常的吗？如果我们还有钱能继续活在城里，那为什么不把钱还给你们呢？我们是把该卖的东西都已经变卖了，实在没辙才回到老家，想通过我们的劳动付出，争取更多收入来还债。”

“哦，哦哦，上次那一点钱，记得记得，利息呗，那算什么还债呀？”

我母亲小鞶冷言质问：“利息？你跟我说这好几千块钱是利息？”

“不然你以为是什么？几千块钱，你难道不清楚你的好丈夫在外面欠了多少钱？这点钱不是利息是什么？”

我母亲小鞶语气变得强硬起来了：“我丈夫只是要赔该赔的钱，并不是借了你们的高利贷，你这要搞清楚。”

“清楚清楚，不痛又不痒的，小意思。”

我母亲小鞶冷笑了：“对，好哇，哈哈，但是我就很不明白，你们是怎么认定我家两三天不见，就能有钱还给你们？”

“不能认定，来了也许没有，但是我们知道不来是一定没有的。人嘛，总是要被施压的，不停地压榨就不停地出价值，你们就会拼命想办法。”

我母亲小鞶双手一摊，也不再说话，她的动作已经表明了一切，没有。那群人也露出了他们比哭还难看的笑。我是到现在这个时候才看清楚我父亲晏矶道的脸，他不再年轻了呀，留着不短不长的胡子。我父亲的眉毛比较细长，脸上没有肉，两个腮帮子微微凹进去，整个人是很瘦的。他穿的是褐衣，是用毛和麻织成的。这衣服的身长较长，袖子较宽，和我们穿的衣服是完全不一样的。

所有人都还没反应过来，只听见我父亲叫了一声，随即又叫一声。我是被吓到了，我父亲的脸色和螃蟹的青壳一样，更像古代恐龙的皮肤。我母亲小鞶没有做出什么过激反应，而是静静地看着我祖母过来搀扶我父亲。

他们转身就要走，对话已经没有开展下去的必要。他们的判断是正确的，确实对话已经没有开展下去的必要。情况确实也是这个情况，话不投机就半句多。而此时的门外，我不知道为什么这几个人到来之后，我家门外围了一群人。应该不会是整个村子的人都来了吧？我家门口成了一个巨大的操场。这些人都好像很有规矩似的在无形的操场栏杆之外，一个挨着一个，围绕着，没有一个人会越过这个无形的栏杆。前面的人微微蹲下起身，最后面的人都踮起脚尖，中间的人则是脑袋左右摇摆寻找一个最佳的观察点。看到有人出来，他们又惶恐地向后退，甚至有的人自动让出一条道，想让这三个人顺着这条道路离开。

那三个人看着眼前的这条路，都做了同样一个甩头的动作。他们的头发很短，没有因为甩头的动作而有什么变化，但是他们觉得这个动作很帅气。

我母亲小鞶说了什么，那三人突然就愣住了。他们的思想意识在思考问题这一方面，总是能达成一致。他们同时停住了脚步，在他们将要转身离开，迈出第三分之二步的时候，我母亲的话让他们一转头看到我，“啪”一个声音出现：还敢骂我们，那就该给点教训了！

他们迅速收腿，转回身来，齐刷刷看向一时间手足无措的我。他们同时意识到我才是最大的突破口，教训给的不够，要从我身上下手。

“等一下，啧啧，好像有一个非常重要的东西。”他们仨冲着屋子走进来，有一个人上前对着我母亲小鞶说，“嘘！你别说话，让开一点。”

“叫你让开点，听到没有？”

我母亲小鞶终究是一个女人，对这三个人的反复无常，她也有些愣，没有意识到他们三个人究竟要做什么，稀里糊涂就听从着让开。

“给我老实点吧你。”五秒钟不到那个人又补充说，“不光动手动脚了，现在还拿着你儿子，你又能怎么样呢？”

我母亲小鞶立马就吼了出来：“你们三个！放下！”

这嘶吼好像费尽了我母亲一生的力气，她之前所有的话语加起来的力量都没有达到这个效果。很夸张，也很明显，他们三个人动了不该动的东西。

领头的男人用双手深入我的腋下，然后就这样架着把我举了起来，另外两人都还扶住了我的脚。我也不知道他们要干什么，我只知道我好像飞起来了。显然，这是不被我母亲小犟允许的，她冲上前想去夺过我。她的眼神里好像刻意做出一种愤怒，睁得老大老圆。为什么说是刻意呢？因为这怪异的感觉，我都看得出来是演的。她以前不是这个样子，她的表演很用力，表现出自己全部的愤怒，不是很自然。或许跟她很久没有做这种表情了有关，一时间做起来确实有些吃力。

那三个男人被眼前的这一幕惊到了，有一些出乎意料。我母亲小犟像是换了一个人，和他们想象中的性格不符合。我母亲小犟有威慑力，但远远不够。领头的男人咽口唾沫，眼神中的恐惧仅一秒，他说:“你还能干什么？该让你们知道什么是真教训了，要么就赶紧拿钱补偿我们，要么就放手，别装狠。”

“我求你们赶紧把我的儿子放下来！”

“早这样多好？装有用吗？不放下来又能怎么样呢？”男人用很小的音量说出这句话。声音小并不代表没有威慑力，这句话分量十足，语言中透露冷气，一种阴森似的疯狂，哪怕鱼死网破也不惧。在他们眼里，要是这女人随便的一声吼、一声威胁，就让他们害怕得认怂，那他们三个要债人就太挂不住面子了。哦，人活着还是为了一个面子啊。

男人继续笑着说:“哈哈，就没有这个胆，动一下试试，你敢吗？”

我母亲小鞶实属无奈地请求：“把我儿子放下吧。”

“我们就不放，你能怎么样？你到底能怎样呢？”

“啪！”我父亲晏矶道不知道什么时候站起来了，从侧面一巴掌扇在最外边一个男人的脸上。这一次，现在所有人都看出来眼前的这一个瘦小身材的男人，情绪已经到了顶点，他情绪的最高点，任何威胁的话都不会起作用。我父亲晏矶道的褐衣宽大的袖子其实阻碍了他挥巴掌的力度，但袖口那一下装满了风，“呼”的一声巨响，震撼了所有人。那三个男人还试图挽回的那一点颜面，或许是想要的那点面子，但事实是没面子了。他们三个男人年纪也不小，什么人能惹什么人不能惹，门清儿，那隐藏于温和软弱以下的凶狠东西，他们见过不少。

我母亲小鞶看到现在的这个局面，不知所措。她盯着我父亲晏矶道的手，那只扇人巴掌的手在抖。难道说刚才用的劲太大，对别人造成的冲击也反伤到了自己？可能是，我父亲他太瘦了。

我父亲晏矶道镇定自若地轻语道：“可曾听闻韩尺国？”

不用多说，短短的一句话，就将他们两人的关系直接表露出来了。

这话一出来，那三个人立刻把我放下。然后在我身上左摸右摸，好像是在缓解刚才所受的惊吓。他们笑呵呵的，居然向我赔礼道歉，解释只是为了好玩，想让我开开心心笑一笑。我没想到他们也想让我快快乐乐的。

没过多停留，他们三个人抓紧速度离开我家。围在我家门口的人不知道怎么回事，我父亲晏矶道刚才说话的声音并不大啊，可他们全都听到了。外面一片哗然，议论声此起彼伏。这样的声音引起的后果就是刚才让出来的路不见了，那三个男人是从人群中很艰难地挤出去的。他们离开后，人群也散去。这一切来得很快，去得更快，我还没缓过劲来，难不成这些人都中毒了吗?

我明白了，只有吃了狼王的蘑菇才不会中毒。村里的人虽然都吃了蘑菇，但不是吃的狼王的红蘑菇，他们吃的蘑菇是和人的皮肤一样的黄颜色蘑菇。这蘑菇才是有毒的啊!

冬季来临，稻谷都收完了，雨也下完了，下雪了。

这雪的颜色是一种乳白色，不知道为何，和放久了的黏稠乳胶一样。没有任何征兆，不过也该是下雪的季节了，毕竟已经十二月。我觉得今年的雪下得比往年早，但量却不足往年。也是奇怪，我在城里的时候，我见不到多少地面，现在我一望无垠，能见到很多地方，却没有地方能提供雪的降落地。很多人都盼望着下雪，觉得银装素裹，是美丽。可是这份美丽的期限却只限夜晚，雪都是在夜的装饰下漫出来的，在黑的低矮的地方驻足。

第二天早上醒来的时候，周围的一切和原来一模一样，雪消融得太快了。我看着窗户外的景象，我看了千千万万遍，在我眼里好像失去了色彩，我看什么东西都是一片黑白，就像是老旧的电视机里面放映着的频道。黑白的，还不自然，时常掉帧似的卡，呲呲作响的颗粒浑浊着。

明科和雅玲来找我玩，他们已经知道，我父亲晏矶道不是大坏蛋。我也知道狼王的蘑菇是吃了不会中毒的。可能狼王真的会吃蘑菇，因为吃其他东西会中毒。不吃肉，肯定了。我想狼王是比我们人更加聪明的动物，它比我们更加熟悉山里的一切，它不吃肉是对的。我们仨又是好朋友，偶尔也会再提到狼王。

明科告诉我说："狼王已经走了。"

雅玲也对我这么说："狼王不喜欢寒冷。"

可我是这么想的，我告诉他们："狼王和大雁一样，每年都会飞走，每年又会飞回来吧。"

明科却失望地说："狼王在这里已经没有家了，不会回来了。"

我就好奇地问他："那狼王在其他地方就有家吗？"

雅玲却说："狼王对我们失望了。"

雅玲又补充说："狼王不喜欢我们，就走了。"

"可能它已经死了。"我不知道对不对地说，"不管是什么东西都要死的，可能它已经死了，它才这么久没露面。如果它没有死的话，他一定会再做一个家。狼王和恐龙一样，灭绝了。"

明科和雅玲想了很久，我们三个人坐在一起想了很久，其实他们已经相信了我的话，好像除了这个解释没有其他解释了。我知道明科在嘴硬，他相信我话的同时依然表示狼王不会死。

雅玲也很伤心，她问我："真的是这样吗？"

我告诉她说："是这样的，不管是什么东西都会死的，我爷爷就死了。我们人死了就会变成天上的星星，天上的星星是我们的眼睛。"

明科还在嘴硬："哼，狼王是不会死的。它有四只眼睛、三条尾巴呢。它还能打死野猪王。它，它只是怕冷了，我们这个地方一年比一年冷，它就到暖和的地方去了，其他地方也有它爱吃的红蘑菇。"

我知道明科在坚持什么，我没有再继续说话了，雅玲也没有继续说。她只是向我表达心意，她期待雪，但是接连几天又是晴天。可能今年的冬天根本见不到雪了。秋季的雨下得比夏季多太多了，需要冬季的晴朗来偿还。

很奇怪，我父亲晏矾道他每天坐立不安，他这段时间应该还是很开心的呀，不知道为什么变得不开心起来。可能他是知道该变天了，外面的天气已经变了，之前所说的好天气并没有持续多长时间。

我承认我错了，我琢磨不透这个冬天。第二天早上起来发现，白雪悄然铺满世界。四处皆为白皑皑一片。雪还要下，这雪来得太突然，天气预报变化得太快。之后的十几天全都是雪天，全都变成了零下二三十摄氏度。雅玲穿着厚厚的衣服，一早就来我家敲门。明科没有跟着她，她是一个人来的，脸上带着喜欢。

“这雪要下十几天！”

“瞧把你高兴的。”

“小鱼儿你知道吗，我们这里的雪从来没有下这么久过！”

“你这么喜欢下雪吗？”

“我喜欢世界变得很漂亮。”

“只是变白了。”

“变白了就很漂亮。”

“可是雪下多了，来我家买对联的人就会变少吧？”

“那确实不该下，这影响你们家，可能也影响我，我爸妈今年不知道什么时候回家，下这么大的雪，他们有可能不回来了。”

“没事，世界上下雪都是一样。我们这下雪城里也下雪，城里下雪是没有钱的哦，而且还要花钱。等着吧，你爸妈过两天就回来了。”

“真的，那太好了，耶！其实下雪不下雪不重要，我才不希望下雪呢。重要的是不下雪对不起这天气，天气太冷了，我穿了好多好多的衣服和竹笋一样。”

“都冻起来了。”

“是吧，都冻起来了，今年下的是冻雪，树枝啊，水管啊，路面啊，有水的地方都冻起来成冰柱条子了。”

我看得出来雅玲是真的喜欢雪，特别是她听到我说下雪外面的人就会回来，她更喜欢了。今年雪维持的时间确实很长。天气的确太冷了，风呼呼地刮。听他们说往年没有这种现象，今年下的是冻雪。周围一切都冻起来了，什么乱七八糟的树全都冻出了冰柱条子。亮晶晶的冰柱包裹着树干，树枝，甚至树叶。你把手轻轻地敲打树叶，就可以慢慢地从上面剥离出一块凝结的冰。这块冰把树叶完整的轮廓纹理都雕刻出来了，天然的艺术品。何况上面还覆盖着一层白雪，白白的细小颗粒般的雪。

地面上更不用说，大雪，估计一二十厘米厚。只不过它们这些雪被大车压过，在地面上凝结在一起，粘上黄色的泥巴，显得不那么好看。不仅仅地面，抬头，你可以清楚地看到，这些楼房这些角落，全是亮晶晶的一片。水管子的出口都凝结出水流的冰块，像是一条条爬出的冰蛇。漫天飞舞的雪是纯正的白色，比白羽毛还要白。这是少有的，少有的白，之前都是乳黄色。估计是过年时间快到了。雪还漫天飞舞，那飘落下来的是白的代名词，让每个人知道冬天的底蕴。

即便是雪停了，都还有另外一种味道。这路是被所有的大车来回碾压了很多遍，像被牛拉着犁开垦很多遍的土地。其他的一切，别人门口的雪都用铁锹之类的锹在一边。屋顶上的雪没有锹掉，树枝上还残留着冰柱条子。这所有的一切，除了人为破坏的，都是分不清楚的，都是一个整体。难怪雅玲喜欢。

不过也被我说中了，来我家买对联的人真的变少了。我父亲晏矶道的焦急肉眼可见，自从那次所有人在我家门口听到我父亲说的话，周围的一切好像变得温柔。很多人都来找我父亲晏矶道题字，我父亲一手好看的毛笔字受到了别人的欢迎，马上过年了，我父亲手写的对联更是难求。起初一家人都挺开心的，那三个男人之后也没有来打扰我们。可是不知道为什么，越临近过年，我父亲晏矶道就越焦急。

应该不是因为下了很多天的雪，我听见他和我母亲小颦的对话：“杳无音讯。”

我父亲晏矶道也是耐着性子不再追问，的确，他也是没有预料到韩桅居然在老家发展，而且算是大有作为。也是万不得已，要不然他不会做这样的事。我父亲晏矶道自己有多个兄弟，有多个朋友，个个都不差，平生最看不惯的就是顶着我祖父晏书的名号。现如今，要仰仗我祖父的学生，我父亲晏矶道对自己请韩桅帮忙不知道为什么这么高兴，不愿求人的他应该对此事感到羞愧难当啊。

算了算日子，转过年来，也就是农历的二月份，我父亲晏矶道拿到了一封期待已久的信。他拿着这封信走回卧室，把自己一个人关在里面，我只知道我父亲进去后就没有出来。只有等到晚上睡觉的时候，我才听见了我父亲的叫喊声：“得新词盈卷，盖才有余，而德不足者。愿郎群捐有余之才，补不足之德，不胜门下老吏之望云。况世殊事异，其后有来者，吾已退之。”

我母亲小颦在旁边试图安慰他：“唉，韩桅他老了就退休了。你没看他说吗？会有新人来接替他的位置，他帮不到我们了。”

可我父亲晏矶道接下来的话中居然夹杂了脚跺地的声音："盖才有余，而德不足？门下老吏之望？"

我是听不太明白我父亲晏矶道所说的话，但是这一句话在语气上，我能感受到我父亲晏矶道的那种自我反问和嘲弄。那嘲弄中带着不屑，好像又愤愤不平，是失望透顶的感觉。从房间里出来之后，我父亲和我母亲对此事只字不提，那一封信我也没有见到去哪了。

唯一的变化，我父亲晏矶道在他的褐衣里面又添加了一件我们平常穿的长袖。这是很少见的，他把他的腹围裹得更紧。虽然是穿在里面，衣服都盖住外人看不到，但是我感觉他里面好像有什么东西变化了，让我觉得不习惯。

春天是不会下雨的，春天只是有风。一整个冬天留下的全是雪，被低气温笼罩的河流迎来了新的生命。河流本来只剩下浅浅的一层，只淹到了两根云杉树桩桩底。冰雪融化之后，河流又满了。塘边的芦苇荡在风吹拂下，晃动着枯黄枝，一种黄色琥珀般如同夕阳。夕阳躲进云层里，留出那边蔚蓝色的天。河流表面就像下雨了一般有各种各样的小波纹。一定是水里的小鱼儿出来冒泡，也许是河流表面的一种蜘蛛，又或者是黾蝽，反正在乱窜。而遗留的去年的枯黄的草坪中露出一片青绿色，真是春天到了。

三月份，河流边的耕作地上的油菜花，换了头型，染了黄色。它的枝干上面顶着一簇簇贪夺功勋的小奖章，是一种很让人愉悦的气味，它自身携带的。有花粉，刚才吹到芦苇枯枝上的风，把它们惊扰得还抖落下来。是害怕蝴蝶马上就要出来摘采？气温还得再升高一点，河流里的蛤蟆也会有叫出声嚎出来的，那么夜晚会嘈杂，喂！蜻蜓是不是安静的？我想河流里面的小鲫鱼一定不会插嘴说话的。

云杉树在这时候又焕发新的生机。

我父亲晏矶道和我母亲小鞶又想把我送去学校，这一次我没得推辞。我父亲为我做了榜样，我勉强同意，但是我说："我想再去问问大鲶鱼，我问问它同不同意我去学校。"

他们不理我，总是这样，这些大人们就喜欢大惊小怪，而我认为非常重要的事情在他们那里就非常渺小。

我找了一天下午，我一个人去龙门那里，就是因为现在河里已经有非常多的水了，我可以很轻易地够到。我把手放进去，感知水流，水流渗进土地，应该会找到大鲶鱼的。说实在话，那一次我能和它讲话也是运气。那是下雨之前，地底下很闷，很巧，它就醒了一下。它看到了我，才和我说一两句。鱼都是很害羞的生物，像我这种陌生人，不会有鱼轻易跟我讲话。我很明白这一点，上次那么长时间就是我试图跟它们讲话，它们不搭理我。我很焦急，万一真的没有鱼跟我讲话，我会在明科、雅玲面前丢丑。还好大鲶鱼活了很久很久，它见过很多很多人，它不惧怕我，对我也是很喜欢。它说话很温柔，很好听，而且比鱼弟弟们更加有智慧，它也许会给我一些提示。

这一次我没有听见任何声音，大鲶鱼沉睡了。当我站起身来，环顾四周，龙门这里让我有一种特别的感觉，我觉得我好像迟早要回来。回到家，我父亲母亲因为我上学的事抓耳挠腮，为了能让我以后好一些，想着把我弄到村里去读书。托了很多关系，最后终于找到一个在学校里当老师的远房亲戚，他是我父亲同房的叔。

我被我父亲晏矶道强制着去见他，见面就冲他打招呼，我叫他："爷爷！"

他看到我，点了一下头，然后语重心长地和我父亲交流。

我父亲晏矶道一咬牙，言道："皆为吾子，甘愿于此。"

其他的时候我不知道，但是这一次，在我眼里，是我父亲晏矶道最卑微的一次。他坐在我旁边的小板凳上，我站在他旁边，他的高度只到我肩膀。我父亲脱下了他的褐衣。以前他是外面穿褐衣，里面的内衬换成现代的服饰。现在他又发生了转变，只有白色的纱布内衬，外面穿的是一件类似于西装的灰色外套。褐衣才是我父亲晏矶道最好的一件衣服啊，不算最有排场的一件衣服，但是他最爱穿的衣服。现在穿上这样的现代衣服，我觉得他好可怜。

本来我不想说话的，但我从他们谈话中得到一个字：傻。他们好像一直都在围绕这个词说，说我脑子有问题。这个人也中毒了吧？我一气，说："不去了，你才傻，不就是在你学校读个书吗？你们教书我还不想学呢！"

我说完就一个人跑了出去，我母亲小鼙从始至终没有讲过话，但是我跑出去之后她来追我。追到我之后，她只是牵起我的手。她好像看了看我，是用那种怜悯的眼光，我讨厌这种眼光。她没要说什么话，她最好不要说什么话。

我这一走，当然不知道后面发生了什么事，但是莫名其妙的，我父亲晏矶道说我可以去上学了。也是从这开始，我成为一个真正的小学生。

学校里的孩子很多，雅玲和明科也在这个学校里面，但是他们和我不是一个教室和班级。我不太愿意跟别的小孩交往，我不愿意和他们多说话，但是我愿意听见他们之间相互讲话。他们也很奇妙，整天就想着当大侠，以后练武功，行侠仗义。

那时候的电视剧里都是武打片，也就是看一个热闹，看着帅气，就对这个十分崇拜。我也逐渐成了他们之间的一员，入迷之后我喜欢把一些我母亲小鞶丢弃的布条、被单子之类的，反正就是七长八短的布匹披在身上，模仿大侠的衣服。最直接的是去偷我父亲晏矶道的衣服，他的衣服全都是古代的，但是没有大侠的帅，就只是电视里普通人的装扮。反正我就是想模仿古代大侠的穿衣，慢慢地，我居然也和班级里的小孩熟识了，因为大家都是大侠。

我在小学里认识很多朋友，都是周围村子的孩子。小学的老师也大部分是我们村子里的人，每天抬头不见低头见，见到面都叫他们一声，他们都说我很懂事。

我母亲小鞶偶尔也和别人一起打麻将，也许是因为上学，我去的地方多了，我就感觉我们这里的人都喜欢打麻将。前面的路上有个小店铺，店铺里面就有一帮人打麻将。打麻将的人可多哩，好像能凑齐三桌，这还不算在旁边拿着一个凳子伸个头观看的人。我的那些小学老师们也在，我穿了一个小号的绿色军装衣服，他们看到我就戏说道：“警察要来抓坏人回家了！”

他们这一说我是感受到快乐的，觉得这里的一切好像没有我想象中的那么恐怖，更没有鱼弟弟们说的恐怖。可是之后，我吃到了我人生中最大的一个教训，这个教训是我父亲晏矶道给我的。

在我的印象中，我父亲晏矶道对我倒是友善。

那时候他都不在家，天天出去。有一次他又要出去，我非要跟过去，这时候，他向我撒谎了。他不让我去，他让我在家里待着，他承诺他回来后一定带我去看一看石狮子。然后，他食言了。我父亲晏矶道他答应我的事，真的，从来没有实现过，我感觉他是一点都不关心我的成长。

那时候我希望得到一个大彩虹，他不给我。后来我说，那我不要大彩虹，给我一个小彩虹就行了。他也不给我。他就是小气。

我要求他做什么的时候他不做，但当我对他没期待的时候他有些地方反倒很不错。他曾经给我买了一个非常大的布熊，还给我买过一个非常大的风筝。我接到手里，当时很害怕，我父亲晏矶道好残忍的。因为布熊就是熊做的啊，风筝就是鸟做的呀，我父亲给我的这两件东西都代表着一只动物最后的壳。我曾几度想放走这只熊和这只鸟，但是它们好像死了，那时候我还不知道死是什么，反正它们不跑了。后来我知道了，真是死了，死了剩下了壳。我垂头丧气之时，我父亲晏矶道居然主动要求说带我去放风筝。我去了。风筝不愧就是鸟，它们连死了都会在天上飞。鸟的壳就是轻盈，可惜被线给拴住跑不掉，我不知道为什么这时候我也不想让它跑了，我死命地拽住线。布熊也在这段时间的晚上被我死命抱着，我好像成了我父亲晏矶道一样的残忍的人。

真正让他在我心里有父亲的威严，让我产生敬畏的是有一次我去小区另外一个哥哥家玩，他来接我回家。我父亲晏矶道他骑了一个小自行车，身上戴着一个随身听，放在牛仔裤的口袋里，耳机线从口袋里往外延伸到他耳朵。这是我印象中他最时尚的一次。那时候我不觉得我父亲多老，我觉得他还是个毛头小子，是个大哥哥，很年轻。我跟他回家，坐在后座上，他带我去买个什么东西。我和他说起话，内容我不记得了，反正我总是说老子老子。

我父亲晏矶道他在前面骑着车，一开始还没反应过来，后来他突然语气强硬地说：“你是谁的老子？”

我一下子就被吓住了，不敢再接话，从此以后我就有点惧怕他，他从此之后跟我只讲文言词。这倒不是我吃到的最大的教训，最大的教训还是现在，学校放学回家，我也没有跟他多说话，可是他突然叫住我。我父亲晏矶道脾气其实很古怪的，他大多数时间对待别人都是不太亲近的，少数时间对待几个人还算和蔼。他和一般的人不亲近也不起冲突，对自己真正要好的朋友推心置腹，喜笑颜开。我母亲小鞿也有一段时间老是说他性格不行，太过老实，说他总是有什么说什么，直来直去，不去顾及别人的面子。而我有一段时间是见惯了他喜笑颜开的。就是这样复杂的人，突然发起火来才让我如此害怕。

我父亲晏矶道他发怒起来有特点，声量调大那是不用说，最主要的是他的眼珠子，他发起怒来眼珠子瞪得老大，好像能把整个眼球都突出来的那种。就圆鼓鼓的一个小球，我总被那白色的掺杂着红色丝线的眼睛吸引。当时我老是想，不知道能不能把这眼珠抠下来，现在想来应该是可以，毕竟人的眼睛在晚上的时候会飞上天去。

我母亲小鞿在这时候却胡说八道了，但又是在劝阻：“别动武！你今天发什么神经，儿子的脑袋不好你又不是不知道，你别吓着他。”

我怀疑她是不是也中毒了，我脑袋好着呢！而我父亲晏矶道之所以发这么大的火，是因为这一次晚上他洗完脚，他叫我去把他的水盆端去倒掉。不对，他是要我把他的拖鞋拿过来。反正他已经洗完脚了，我已经忘记他要叫我干什么事了，反正我不去。为什么不去？我不知道，我就是不想去。

我父亲晏矶道那沉闷的黑脸变红了，说：“百善孝为先，学堂岂不教汝乎？”

其实我被他吓到了，我已经有点想去了。可当时我还在坚持，我希望他就此作罢，何必要在这个事上难为我。正当我希望我母亲小鞿能为我求情时，我父亲晏矶道却给了我一下，就是把手指弯起来在我头上一敲，他给我来了一个爆栗子。他的手在我的眼里非常大，他又瘦，关节都特别突出，然后打到头上非常痛。我一下子就哭了，我不明白他今天为什么要难为我，我根本没明白他为什么会打我。这只会加深我对他的讨厌，也是自从这一晚，我感觉我的身体就越来越不舒服。我母亲小鞶还是来安慰我了，她表示我父亲晏矶道这段时间要还很多钱，现在已经限制消费，限制出行，压力太大了。

我不明白她所说的压力是什么，我母亲小鞶就提起了我父亲晏矶道的往事。

我母亲小鞶说我父亲晏矶道年轻时肺部有病，那时候，我母亲小鞶在裁缝厂的工作风生水起，但仍从外地赶回来照顾他。我母亲那个生气，她老是计较这件事。她说如果她不回来，她的裁缝厂子会给干得时间长的老员工发一个优秀员工奖，会有退休工资之类的奖励，可惜这一切都没有了。

我也好奇地问过我母亲："那我爸他的肺怎么样了？"

我母亲小鞶云淡风轻地回答："好了啊。我回家就为了照顾他，在家里把伙食弄好，好吃好喝伺候着。然后你爸就天天剥花生，吃那生的花生肉，放在嘴里嚼，他的肺就又重新长回来了。"

"肺长回来了？"

"你爸的肺烂得只剩下一点点，都烂光了，硬是天天吃生花生肉给磨回来了，现在重长得和新的一样。"

我庆幸，没事就好，可是我父亲晏矶道一直都有抽烟的坏毛病。我老是说他，他老不听，他和我说什么其他的人抽烟能活到九十多岁。他还和我讲以前的老头没烟抽，没钱，在地上捡别的人扔掉的烟头。说是烟头，其实就只剩下过滤嘴了，可能上面还残留着一点烟丝。点上嗦两口不过瘾，恨不得把那过滤烟嘴都抽干净，可惜就是怕烫嘴。我的劝说没有用，我只能说他吐出来的烟熏人，然后摆出一副嫌弃脸，他当着我的面也就没有多抽了。这两年不知道什么原因，他好像已经戒了这东西，我没见他抽烟了。

“爷爷是不是也是因为肺烂了才死了？”

我母亲小鞶被我问的这个话说愣住了，她摇摇头，我祖父晏书虽然是肺出了问题，但和我父亲的情况完全不一样。

有一年，我的姑姑来看望我祖父晏书。她高兴她贪杯，居然跑过来和我这个小孩子聊天。聊天时告诉我的就是另外一个故事，我父亲晏矾道小时候的事。我母亲小鞶告诉我的是她和我父亲晏矾道相遇相知后发生的事，我姑姑那时候就已经嫁给我姑父付弼，到别处生活了。

我姑姑说她五岁才来到祖父晏书家里一起住，她一直把我祖父叫伯父，因为那时候环境不好，姑姑被送出去寄养了。我姑姑六岁的时候，我父亲晏矾道出生，她说那时候我家隔壁是一个学堂，里面有老师，就是教人识字的。我祖父晏书本来也是为数不多的读书人，两个人是好友，就让他给我父亲起个名字，可他跟我祖父晏书说：“你找个结过婚的女人回来就算了，没想到还和她生了一个小儿子，第七个了，你就是做了一个钻土的事情！”

这个老师的意思就是不该这么做，还是因为时局不好，我这祖母是离过婚的。姑姑告诉我，我祖父晏书当时是这样说：“我喜欢做这个钻土的事。”

没过多久，家里起大火了。我祖父晏书在不远处与人喝茶谈心，他这时候就已经是人尽皆知，在当地很有一些权威。家里就留下我姑姑和我父亲，而火是顺着灶台的火星牵扯上一旁的木柴，烟是顺着笔直的烟囱撞击了屋外的云朵。火势根本没办法控制，我姑姑一下就被吓呆了，因为火一下子如同喷射般蹿出，燎着了整个屋子。在慌乱中，她跑进房里，她知道我父亲晏矶道此时还睡在那个摇床里。她想端着摇床跑出去，可试了很多次，她无力端起。后面的火焰越来越猛烈，她哭着，最后只能把我爸光着抱出来，跑出门口很远的地方，静静看着。

旧时的房屋结构根本就是一堆助燃的木柴，火焰在这里面更加肆无忌惮。黑烟围绕整栋房子不停往上蹿起，巨大的火光和浓厚的黑烟在一起编织成衣，我家旧时的土房子穿上这件衣服，被裹得严严实实。

我姑姑说这一带所有的地方都看得见那红光，没有遮挡，是黄昏时的夕阳。有人看到火光赶过来，看着面前的火势，她趴在地上，身上全都软塌了，用头不停撞地。还在那里撕心裂肺地喊叫，头被磕破了，不停地流血，还是没有停下来的意思。我本来不理解为什么有人会这么做，直到现在我才终于明白，原来这么做的这个人就是我的祖母。是她看到火光哭天抢地，她用头不停地撞击地面。这个火的存在是因为她，她临走之前在灶里添了一把柴。

我祖父晏书茶也不喝了，撇下跑去找他报信的村里人，自己一个人急急往家赶。看到这一幕的村民都赶紧跑过来搀扶住我祖母，制止我祖母头撞地的这种冲动行为。我祖父晏书还没跑到家，就已经看到那一片红光，心如死灰，干脆也不回家，直接来到那河边，他想着直接投河算了。

那个学堂里的老师，赶忙跑去喊我祖父："千万别投河！"

可我祖父晏书还是跳了，那老师眼疾手快地把我祖父拉起来，他说："你家根还在，你那女儿把你的小儿子从火堆里抱出来了。"

我祖父晏书赶紧挣扎着直立起身子，不停咳嗽，吐出几口水。然后嘴里念叨，钻土了，真钻土了，我儿真钻进土里了。他没被烧死！然后他赶紧朝家这边跑，看着我姑姑说："我的好儿，真是我的好儿，你对我有恩啊。"

而姑姑却边抽噎着边说："我端不动摇床，只能把弟弟抱出来了。"

我祖母也被那老师带去医疗室，头上敷了药。火是烧了一天一夜，什么东西都烧成了黑灰，就连那一块的土，都黑了三寸深。我祖父惊叹，于是他对我姑姑更好，我姑父付弼在我祖父的帮助提携下可以说是如日中天，因为我祖父说："我儿子没有被烧死，就算是真的钻进了土里，这块地都黑了三寸深，躲在地下也会被烧得面目全非。”

我祖父晏书只能在这个老屋基旁边又搭一个小棚子，一家人住在那个棚子里，才又勉强有了个家。那老师拿些旧衣服过来，他要给我爸换个名字，说：“大难不死！你之前不是想让我为他取个名字吗？我骂你说这是钻土的事，现在不能这么说，你儿子得往上爬，得是山。”

我父亲晏矶道小名叫小山，一般人都不知道是什么原因，只有真正的亲朋挚友才会叫这个名字。可当时我家里什么都没了，我祖父只能去帮别的人挑烟水，身体被烟水担子压得晚上回来拉血。

那时候我姑姑十八岁，她对我祖父说：“我也跟你去队里干活吧。”

她就这样跟着我祖父晏书到处干活，男人干的重活她也不喊累，跟着队里一起哪个地方都去遍了。这里有句老话是说，世上阴司里都去遍了，说的就是我姑姑这种情况。

可那时候我父亲才十二岁，他跟我姑姑还争吵起来，他骂我姑姑：“你迟早是别人家的人。”

我姑姑听到这话的瞬间眼泪掉下来，她和我祖父说：“我做了这么多，别人说我不管，可弟弟他居然说我是别人家的人，呜呜……”

我祖父晏书听到气得一巴掌扇在我父亲晏矶道脸上，他呵斥我父亲说：“没有你这个姐从火堆里把你抱出来，这世上哪还有你？你早就被烧焦烧死了。”

生气的祖父把我父亲赶到那边的林场，不让我父亲晏矾道回家，让他在外面过夜，谁都不允许去找他回来。那时候，吃的东西都是靠队上发，谁干的多家里就吃的多，我姑姑去干活就是为了这个家能吃多一点。时代就是这个时代，而我父亲的其他兄弟，就是我的那些伯父们，他们在外地各顾各的生活。

日子也慢慢重新开始，不再是停留在吃饭问题上，每家每户都能吃上饭了。我祖父晏书就张罗着要给我姑姑找一个婆家，我姑姑已经二十三岁了。

可我姑姑说："我不嫁。"

我祖父晏书就跟我姑姑讲："我的儿啊，我的好儿，爸爸估计没有多少时日了。我肯定看不到你弟弟成家，但我看到你成家也可以，我也说好了媒，你是嫁也得嫁，不嫁也得嫁。"

我姑姑说："我是为了这个家好，为我弟他能好一点啊。这些年我跟你干活，爬上爬下，哪里没去过？哪里苦没吃过？我都没有说任何话，弟弟还没长大成人，我不嫁。"

我祖父晏书也被说得感动了，说："我的儿啊，我的好儿。爸爸我记你的恩情，但这婚你必须得结啊，我和别人说好了，父母之命，为了个面子啊。"

哦！原来世间所有的东西就只是为了一个面子啊。那年我姑姑就出嫁了，嫁给我姑父付弼，嫁出去的地方很远，也很少再回来，每年过年走亲戚我才能再见她一面。

这些都是残存的历史碎片，把我家的由来拼凑出来了。自从我姑姑离开家乡之后，时代就更加好起来了，我祖父晏书读了那么多书又重新派上用场，那一年他也离开了家乡。其实我怀疑我祖父有可能一直都怪我祖母，他把我祖母一个人扔在老家，从始至终他都没有向我提起过。至于为什么我父亲晏矶道也不提起我祖母，我觉得是这样：当初我家一无所有，可在我出生的时候，我家里的条件已经非常优越了。我祖父晏书把日子过得有声有色，让人羡慕。我父亲晏矶道就把以前的一些不开心的记忆全部忘了，走出农村，在城里待久了是会沉醉于享乐之中的。之前过多了苦日子，现在能享受，当然要享受了。

在我记忆中我父亲晏矶道一直是很高大的，并不是很瘦弱，可能是我母亲小颦个子矮在旁边衬托着他。那时候，我总调皮想穿他的鞋，因为他的鞋在我看来就像两只大船，我父亲他是一双大脚。可是让我为他洗脚，我真的不愿意帮他洗，他在我心里算不上一个好父亲。反正我记事以来他没有工作，每天出去其实就是玩。他从不陪伴我，只有鱼弟弟们陪我。然后他欠别人很多钱不还，把我的鱼弟弟们给抛弃了，在我看来，他不合格。

已经是“三七”的风季了，就是从立春之后的第三个七天，等七七四十九天过后就是雨季。这正是风最盛的时候，你看冬天下了那么多雪，风要把雪吹回天上啊。可不能全部化成水流入地底下喽！还要留着一些，好等待着下一个冬天到来。要是下一个冬天来不及制造那么多的雪，那么去年的积雪就可以派上用场。今年雪肯定是多的，搞不好是把之前那些年存的“老雪”加上新造的雪全都落下来了。除了变冷了，我觉得也没什么不好。这世界上本来有很多微妙的东西，微妙的情感，让很多血脉不通的紧紧交融在一起。我又出来了，这次倒不是想和大鲶鱼讲话，因为我感觉我身体有些变化，我能够直视阳光，我好像成了太阳的儿子。太阳就是那三足的火鸟啊，我没有学鸡，我没有吊着嗓子去叫唤，我知道我跟它隔了好远。我就看着它，我们俩在心中有了交谈。

“太阳啊，我会不会有一天成为太阳之子？”

“我不明白你在说什么。”

“我说我现在藏在一个芦苇荡里，芦苇絮已经铺满了我的身体，然后还是被你这个臭太阳给发现了。”

“你需要我，我肯定会发现你，没有我你活不了。”

“是春天到了。”

“早就到了，马上到夏天了。”

“春天到了云杉树要发芽了。”

“云杉树发芽又和你有什么关系呢？”

“唉，太阳啊，那你试想一下，试想一下我刚才说的：你是一只藏在芦苇荡里的人，芦苇絮铺满了你的身体，突然被我发现了，什么感觉？”

“惊慌？失措？不安？”

“这就是人被孵化出来的感觉。”

“从蛋壳里出来？”

“然后第一眼看到的世界，很美的，我认为最美的地方就是龙门。啊，现在终于知道为什么神仙要把这棵云杉树给搬走了，云杉树就是保护沙河的，云杉树就是沙河的守护神啊。神仙把云杉树偷摸地搬走，他肯定就是要想破坏这里的一切，我认为神仙总是不希望这个世界变得很美。”

太阳它的光线越来越弱，甚至全部暗了下去，三足鸟飞到山那头去了，世界变黑了。不对不对，好像是我的眼睛变暗了，太阳它不会走得这么快，好像是我什么都看不见了。我好害怕，我闭上眼睛睁开眼睛，我反复这样做，好像没有任何改变。我的眼睛两个眼珠好像没有了，很空洞，不停向里面凹陷。我的情绪如同那山林夜晚里受饿不停刨土又没有食物的獾，狗獾。饿得皮包骨头，松垮垮的皮囊下垂因动作乱摆，就好像刚刚生产后虚弱掉毛的母狗——慌。

我不知道发生了什么事，我刚才还和太阳对视，我想哭，我情绪不由我，我不想哭，我想哭。我的眼泪就像雨水，雨季还要很多天才能来，可云朵实在太重太重了，承受不住就要落到土地上。土地才是眼泪的家，眼睛只是眼泪的囚笼。我按着我的胸，感觉我胸腔里好痛，我呼吸好困难。我整个人就像死虾一样缩在一起，张大嘴大口大口地呼吸。我好像做了一场梦，梦里梦见一片森林，烟雾缭绕，绿影遮蔽，我什么都看到了，我什么都没看到。还有鸟儿在里面飞，起飞扇动翅膀时的声音。鸟屎掉落在地，一点声音，却让我惊吓。

当我醒来的时候，我被太阳晒得浑身是油，但好像又是汗，我身上又黏又凉。我坐立起来，然后疯狂咳嗽，口中有痰，吐在地上一看带血。我又咳嗽了好几声，我想把痰咳干净，可后面这痰越来越稀，只剩下血了。我发誓我真的不知道发生了什么事，我就和太阳说了一会话，我心有余悸地跑回家，一个人缩回被窝里。我不敢和我父亲母亲说起，其他人就更不敢了，我有很多天没和雅玲、明科一起玩了。我越来越害怕见人，因为我的脸色变化得很快，我的嘴巴老是干，还带红。我老是想喝水，但是水从我的喉咙管下去的时候，我都感觉到像是有刺在划拉我的喉咙管，就是这么痛。吃饭吃东西就更不用说了，无法忍受，老是咳。在外面遇到风的时候，我站不稳，想随风摇，我胸腔里面却异常兴奋，我只能越疼。

一开始的小疼小痛我还能忍，直到夜晚天上的星星很奇怪地看我，我认为那一个是我祖父的眼睛的星星，它在不停眨。天上的星星不停地闪，我不能和它们说话，因为它们是人的眼睛，不能说话。但是我能感觉到，人假如不停地眨眼睛，就有事情要发生。它们这是在警告我，我出现这样的状况是有大危险的。不知道为什么，我害怕去医院了，我说过那是我最不想去的地方。我对医院感觉到恐惧，我每次在里面看见四周都是白色，我觉得这些都是不怀好意的。这世界上那么多颜色，我就觉得白色最不好，绿色可能会好一点。我也不是纠结这个颜色，我只是想要健康。

明科和雅玲看我老是不出去玩，他们干脆到我家来找我，我当然是高兴的。他们还给我带来了一条小鱼，这条鱼不知道他们从哪里抓的，他们用透明塑料袋装着，塑料袋里面有水。他们认为我看到这个会高兴，假如是之前的我的话，我看了一定也比较开心。可现在我看了这个就一阵疼痛，痛苦当然还是源自我的胸内。在某一刻，我觉得自己好像成了这条被困在塑料袋的鱼，我立马就要求将这条鱼放生。

可明科却在此时说："你不是说鱼在水里会被淹死吗？"

雅玲也说："对啊，我记得你说鱼是会飞的，可是鱼离开水就死，也不飞。"

我不想跟他们多纠缠和解释，一把从他们手中夺过这个塑料袋，然后疯狂向外跑，我想跑到沙河那边去放生。但是明科和雅玲他们很快就追上了我，我也不知道是一时间用猛了力，还是怎么回事，我摔倒了，摔了个四脚朝天。塑料袋直接被摔破，里面的水流出来，小鱼在里面跑也跑不掉，走也走不了。我就是这条鱼，我的手脚好像都被束缚着，我呼吸越来越困难，想动弹却也无力动弹。明科和雅玲一开始不知道我在干什么，随即他们看见我嘴角的血，他们赶紧去叫人。我朝着沙河的方向望去，那两个很高很高的云杉树桩还在立着，有多高呢？高过河堤，高过河堤旁边的云杉树。云杉树？我怎么又看见了河的旁边有云杉树？我使劲地润了润眼睛，确定无疑，云杉树它回来了，河边就该有一棵云杉树。

我父亲晏矶道和我母亲小鞶都赶过来，他们也吓坏了，我父亲赶忙去叫车，我母亲扶住我。明科和雅玲立在旁边不知所措，等待之余，雅玲和明科情绪缓下来，解释刚才的事："我们拿着鱼来跟小鱼儿玩，小鱼儿拿着鱼就跑，我们就追着一起跑，然后他自己摔倒了。"

明科补了一句："不是我们推的，是他自己摔倒的。"

我母亲小颦丝毫不在意明科和雅玲在说什么，静静等待着小汽车的到来。她自己先上去，调整好位置。然后，我父亲晏矶道在外面尝试着抱起我，但他身体太瘦，抱不动我。只是把我支撑起来，牵着我的手，往车上这边用力。我也慢慢动，但我已经迈不开腿，我的身体变得很重很重。我是准备把屁股往上挪，再慢慢往上蹭，但不是很奏效。只能这样先迈开一只腿，然后用力往上蹬。不容易，太不容易了，我嘴里甚至发出了轻微的喊叫。然后又屏住呼吸停止叫喊，闭上眼，一用劲，脚这边已经蹬起来，刚好坐在位子上，用尽余力向我母亲小颦这边靠。

总算还是靠上来，把门关上，小汽车发动。

我母亲小颦还在安慰我："不要激动啊，慢慢来，没事儿没事儿。"

我父亲晏矶道明显也着急了，他要求车子的速度加快，想必不停滚动的车轮如同他的内心。不停被各种石子给磨损，却还要不管一切向前进。我还是感觉不对劲，我的屁股越来越湿。而且我低头想看一看的时候，按在座椅上的手稍微抬起，我发现我的手上已经沾满了血。

这血从我嘴巴里流出来，可我毫无知觉。通过车子里的后视镜我发现我已经面无血色，嘴唇发白，尤其是我的眼睛，我的眼睛好白。难怪我母亲小颦叫我不要激动。不是不是，我的意思是我眼睛里的黑色好像变小了。我害怕，我的手如同雄鹰抓住猎物的利爪一样死死地抓住我母亲小鞶。我嘴巴还是张着的，合不上，我知道这一车的人都在为我担心，我能做的就是不出声，一点声音都不发出来。

我母亲小鞶脸上的表情不对劲，但是她也一言不发，她的眼神停留在我脸上。我看着她，我的脸上应该是有疑惑的。可我母亲小鞶现在把她的手腾出来，食指伸出来按在嘴唇上，示意一切不用说。我父亲晏矶道坐在前面，他的眼睛里全是前面的路况，他不停地催促超车，不停地要求加速，根本没有顾及他后座的我们究竟在干什么。他嘴里也没有说话，整个小车里如同封闭条件下的真空，没有一点声音。

等到了医院，护士看到眼前的情形，吓得也叫不出声。她们几个人赶紧把我从车上转移到手术室里，都是血，估计是大出血了。我父亲晏矶道没有对这些异常安静的场景，产生任何疑惑，他没有看其他人，也没有问这到底是什么情况，他应该是有了心理准备。

护士从手术室里出来，已经过了四个小时。

医院过道一般人是待不下去的，那些年老体衰的男人走来走去；那些饱经病痛折磨的男人游来游去；那些年轻的小男孩女孩荡来荡去；还有一些莫名其妙的男人移来移去。我母亲小鞶肯定会抵触，我知道她的性格，她可能已经不在这里了，可能出去给我们买吃的去了。而我能猜到我父亲晏矶道一个人在手术室外守着，看到护士出来，他好像是知道结果了，慢慢吞吞，问一句：“何如？”

护士摘下口罩，对他说：“你是患者的家属？”

我父亲晏矶道连忙点头：“是，吾乃病患者之父，临川晏疏原矶道。”

护士待在原地，拿几张承诺书让其签字，没说话，应该在思考要继续说些什么，情况不太乐观。我父亲一下就发现潜在意思，快速在承诺书上写下他的大名：晏矶道，签完立马大呼：“休多言，去兮，速去兮！”

听见这两声，护士再看我父亲，如发了狂似的向她怒吼。护士用一种奇怪的眼神看着我的父亲，有一种胆寒莫名而来，吓得赶紧又钻回手术室，这一去又是两个小时。

“吾子之命保矣乎？”

“情况暂时是稳定了。”

我父亲机械地点点头，没有刚才的愤怒，他只不过是慢慢悠悠不知道从哪里摸出一包烟。腾出一根来，护士看了他一眼，他拍拍脑袋，勿再吃烟！然后他一个人从这个狭小的楼道游荡着到厕所，还是点燃了这根烟。随后他发怒把烟扔在地上，用脚踩来踩去，直到这根烟被鞋子反复踩碾支离破碎，他就又一脸失落地回到手术室外。我母亲小鞶这时候肯定也赶了回来，她手上拎着饭菜。然后跟我父亲晏矶道一起，看着我从紧急手术室送进普通病房。

“病人现在已经脱离了危险期。”

“那什么时候可以出院？”

“你们是病人晏羽什么人？”

“我们是他爸妈，他是我们的儿子。”

“出院？病人还不知道什么时候能醒！”

“医生，我问问，我儿子到底怎么样了？”

“初步判定出血起因是在肺部，但是具体什么原因还要做检查。我们手术的目的主要是帮他止血，人一旦失血过多是受不了的。”

我父亲晏矶道听到这话发出“呜呼”尖叫，立马瘫倒在地。医生看到我父亲这个反应，说了一句:“该办的手续赶紧办一下，该交的钱交一下。”

从手术室被转移到了普通病房，周围的一切变得熟悉起来，这不是他们第一次来到大型医院了。最近几年他们来了太多医院了，尤其是晏书病重的时候。全世界医院都一样，里面装修都很好，角落还有绿植。进去最显眼的位子就是柜台，柜台有护士，洁白的墙上挂着的都是各式各样的指示牌子，指示来来往往的人。病房内的人都穿着清一色的病号衣服，手上戴着号码，医院的床位还太紧张了，就连过道走廊，都摆放了一张张床。有人躺在上面，是穿着病号衣服，他们什么都不能做，只能盯着天花板。盯着的天花板虽然是洁白的，但汇聚了太多祈求，很多哭声，很多眼泪，很多叫喊，好像变得漆黑。一般人是不敢抬头看的，因为这些漆黑汇聚在上面和洁白混杂在一起，成了一幅恐怖的画。

我母亲小韊应该就守候在我床边，我父亲晏矶道应该站在床尾。他盯着我母亲，我母亲她知道，钱，不多了。

我不知道过了多久，好像醒了，好像没醒，嘴巴里好像一直嘀咕着一句话:“去跃龙门。”

我母亲小犟看到此刻躺在病床上的我的脸，流下来眼泪，此刻好像也是她的回答：“行，等你好了，随你去哪。”

眼泪好像演绎出一个个医生，出现一双双救死扶伤的手，在我身上不停地施展效果，病状全部消失，我立马就好了。但是我觉得我应该还是没有醒，这所有的一切都在我脑子里，我没有看见，但是我好像看见了。我父亲晏矶道走了，他应该是和我母亲小犟表了态他去凑钱。这些我都知道，我父亲从医院到家是走回去的，他没有再花费一分钱去乘车。或许他就是想走回去，在路上他能够好好思考自己接下来的路该怎么走。

我终于醒了，我母亲小犟立马就安慰我，她没有说我是什么情况，但是我能感觉出来，我的情况很糟糕。我现在吊的这瓶水里面全是死去的蝎子。我丝毫不夸张，我能想象到吊水的根据是什么：如果这个人情况很好，就吊一些有营养的，比如小虾小鱼之类；情况比较糟糕，才可能用蝎子这一类；恐怕还有最糟糕的情况，不过那我就不知道用什么了。可怕的东西需要用可怕的东西才能制服。我只能感受到他们给我扎的针，不是土蚕虫，这次是直接放蛇了。还是一样的道理，可怕的东西需要用可怕的东西才能制服。土蚕虫再怎么说，好歹也是吃掉我身体里面的一些不好的东西，也是一只虫子。蛇不一样，蛇有牙齿，它是吃肉的，它不管我哪些东西是好的是坏的。它好像本来就有毒，不仅把我体内的东西全部吃掉，还可能毒害我。

这感觉和土蚕虫的感觉完全不一样，土蚕虫是那种慢慢蠕动的，肉肉的。蛇在我体内是翻江倒海，迅速有力，横冲直撞。而且让我全身感觉到冰冷，同时又伴着部分火辣辣的疼痛。这真是不好描述的感觉，又烫又冷，特别是我胸腔这一块。我感觉这条蛇就是想害死我，它多次想要吃掉我的心脏。最搞笑的是，给我扎这些针的人似乎不明白这些东西，我每次都很害怕，他们却一遍又一遍在我手上擦拭着，寻找下一个扎针点。除了蛇，他们还放了其他东西，他们好像还在我身体里面放了老鼠，这一次是老鼠。可能他们是想保护我，把老鼠放进去，蛇是吃老鼠的呀，这样有可能缓解蛇对我的攻击性。

当注射针管从我身体脱离的那一刻，我像被子弹打穿了一样。受伤最严重的就是我的鼻子，我的鼻子又红又肿，然后有数千万细细尖刺来扎。身子是被固定的，被类似“安全带”的东西绑得死死的，可是我却并没有被什么东西束缚。我只能感受着，不能做出任何动作。随后是整张脸，眼睛，耳朵，大脑。我觉得大脑里有东西，在嗡嗡嗡乱叫，是那条蛇在爬行，它在咬我的头颅。

我真的变成了一只老鼠。

在老鼠的世界中，或者说在动物的世界中，对存在的感觉，究竟是什么样的？是否真的有一个自己的巢穴，有充足的食物，就能熬整个生命周期。也许这个洞里还会有两只年龄大的老鼠，是这两只年龄大的老鼠养育了这个年龄小的老鼠。那会不会有条蛇钻进这个老鼠洞，厉害的捕食者，给这只小老鼠咬上一口。毒液通过牙齿注射到老鼠体内，紧接着蛇就通过肌肉收缩，把咬住的小老鼠慢慢带出洞穴。老鼠出了洞穴后，又被蛇用身体缠绕着，毒液在老鼠身体里蔓延，蛇身又在施加压力收紧，这只老鼠，活不长了。

原来外面的压力会打破这个僵局，原本为了自己生存所做的斗争，会一笔勾销，只为滋润另一种东西的生活。老鼠也觉得奇怪，自己应该活得好好的，怎么成了他人的食物？奇怪只归奇怪，它没反抗，就慢慢地等待着自己被吃掉。脑海里是希望这只蛇能吃饱，一次性吃饱最好，那么洞穴里的另外两只年龄大的老鼠就能活下来。洞里有足够的粮食，应该还可能坚持很长一段时间。

小老鼠一想到这就高兴，它再也不用做不开心的事情，不用整天想这想那。它解脱了，不用担心任何其他的琐事，而且解脱得就是这么迅速，只不过过程有些疼痛而已。

值得。

被毒液浸满身体的老鼠开始抽搐，手脚不受大脑控制了，它被缠得很紧，身体被固定得很紧。所有系统都不听大脑指挥，都是徒劳，没有任何机会逃离。老鼠两颗大门牙，已经脱离了上面唇皮层的包含，连同所有牙齿一起露了出来。嘴里不停向外吐着白沫，是中毒的表现。双手双脚收缩，尾巴，尾巴它不由自主地打了一个结。

突然，他们还要给我照光。说起来特别奇怪，说的是我不懂的英文，什么光，碎踢光，还是什么光？好好的踢我干什么？反正就是为了确定这些老鼠和蛇在哪里，照完这个光之后，一些问题都明了，什么部位什么样。自从照了这个光之后，我母亲小颦她变了，虽说是我熟悉的变化，我祖父晏书在医院那段时间她的状态就是此刻的状态，但是现在的状态比那时候还要糟一些。

我问她："妈，我出什么事了？"

她回我："没事，很快就会好的。"

我又问："我感觉我有事，好严重的事。我感觉我好像忍受不了，我感觉我的时间好像不长了。肯定是原来和鱼弟弟们在一起时一天有二十八个小时，活的时间比别人长比别人快乐，对别人不公平，神仙生气了，要惩罚我。"

她又说："你别瞎胡说，你呀，平时叫你小心点，你偏不听，头一仰上天，你是把自己给摔坏了。"

我辩解着："不是的，你听我说，我这段时间不知道怎么了，我感觉我的胸里面好痛。我那天疼得眼前一片漆黑，我一个人躺在草坪上，我看见了很多奇妙的景象。这一次比我之前吃蘑菇来医院的那一次要真实一些，我吃蘑菇的那一次好乱呐，好多哇，我根本就记不清楚。这一次我知道，我和树一样喜欢同一个春天，所有东西都是嫩绿的。就是时间太短了，我之前多用了时间，现在要还回去了，钟表很神奇，我现在没有时间观念了。"

我母亲听完就哭了。

四

如果非要把这段时间做一个计算，晏矶道确实是有一些钱的，他挣了钱第一时间就拿去填债的窟窿。他只是没有预料到突发情况，他就一直想着如果按照这个速度还钱的话，几年之内，便可以还完。现在儿子晏羽突发意外，情况不明，晏矶道明白这不是小问题，他自己心里有一个底：需要很多钱。

晏矶道他不会从自己亲人这边借钱的，他不想再麻烦自己的二哥，他更不想去找他的好友黄庭间或者其他人去借。

回到家中的晏矶道坐在椅子上一动不动，面前的桌子上摆着两张纸。

晏矶道坐了很久，等了很久，在纸上写了些什么东西，是两首词。他已经很久没有创作了，上一次给王觥写序言的时候他就察觉自己握不住笔了。晏矶道自己也承认，在刚拿出这两张纸的时候，他有过一股冲动，他知道如果这两首词写好了的话会发生怎样翻天覆地的变化。他必须得把这两首词写好。不过这股热血并没有持续多久，他最终还是没有往应该写好的地方写。随便歌咏一下，没打算把这两首词写好，用应付了事的态度完成了这个“特殊的任务”。

九日悲秋不到心，凤城歌管有新音。凤凋碧柳愁眉淡，露染黄花笑靨深。初见雁，已闻砧，绮罗丛里胜登临。须教月户纤纤玉，细捧霞觞滟滟金。

晓日迎长岁岁同，太平箫鼓间歌钟。云高未有前村雪，梅小初开昨夜风。罗幕翠，锦筵红，钗头罗胜写宜冬。从今屈指春期近，莫使金樽对月空。

等到晚上晏矶道睡觉的时候，他母亲蹑手蹑脚来到房间里，坐在儿子床边。她先是试探性地看了一看，想必只要是晏矶道睡着了，她就不会再打扰。看到儿子晏矶道还没睡，她当着儿子的面从自己上衣的口袋里掏出一个东西。打开那包裹外面一层的红色小手绢，这才显露出里面有一些钱，还有几张卡。晏矶道一下子就明白是什么意思，忙摆摆手。

“你这什么意思？自己亲妈的钱你也不要？”

“莫不吱声，这些钱我也不是给你花的，我是给我的宝贝孙子花的。”

晏矶道依旧不讲话，侧身过去表示不再想理她，随着一声叹息，房门关上。在黑暗中，晏矶道笑了笑，在他年轻不知道钱的用途的时候，挥金如土；他现在开始知道一点钱的好处时，已身无分文。他也尝试着看一看天上的星星，不知道想到了什么，他的眼泪像是找到了同伴一样，从泪腺里出来滴落到这地板上。晏矶道应该很悲伤吧？一个人的悲伤是描写不出来的。同样的，描写出来的是别人也感受不到的真实。眼泪是能感受到悲伤唯一的实物。世界上所有的悲伤只能通过眼泪来表示，只有这一个点，只有从眼睛出来的才能直观地感受到一个人的悲伤，再无其他了。眼睛表现出来的东西有时候也不太靠谱，悲伤从来就是不靠谱的。只能这么形容：晏矶道流下的眼泪中出现了鲜有人看破的幻境。

第二天起来，这是油菜花开得最盛的一天，风中全是花粉。人走在其中，身上都会被染黄一片。晏矶道最清楚这预示着什么，落花最伤春。他母亲的钱和存折还放在他床边，他没有去动，保持着现状，他只想用自己挣的钱。晏矶道现在想到的唯一办法就是找到之前向他逼债的人，看能不能让他们把自己还的钱要回来，替自己儿子先用上，等自己儿子治好了病，再继续还。打电话给那三个人，要求去城里碰面，晏矶道说有重大的事情商榷。那三个人以为又要还款了，到地方才发现，上了晏矶道的当。

“恳请诸位助吾于水火！”

“有还回来的钱又拿回去的歪理吗？”

“事出仓促，吾无力挡也。”

晏矶道自觉受到极大的侮辱，他从未如此低声下气。他认为自己只是拿回自己该拿的钱，并不是不还钱，等渡过这个难关还是会还。可没想到眼前这些人如此难讲理，和这三人打了这么久的交道了，多少有些情分吧，晏矶道还是把人想得太善良。

晏矶道最后一声呐喊：“众人救吾！”

没有人搭理。

被世界抛弃的人都是沉睡的，晏矶道不知道自己是怎么回到家的，不知道睡了多久，他只知道他醒来后浑身难受。现在躺到床上，行动都非常困难。最大的痛苦还不是身体上的，而是自己很愧疚，回来这么久，他一分钱没拿到。他临走之前还向小鞶打了包票，可现在，他害怕得不敢打电话问小鞶儿子晏羽的情况。如果有好消息还行，可他知道没有好消息。所有的消息都是需要钱，他没有钱。真的要有好消息，那也是小鞶和儿子都已经回家了。

晏矶道还是按捺不住，他的心已经顾不上这份愧疚。他现在就想知道自己儿子的情况，现在、立刻、马上，拨通小鞶的电话，响铃三十秒，等待三十年。

“鞶，何如？”

“做了检查，钱全部花了。开始抽血化验，又去做全身检查，给胸部做了一个X光，然后又做了一个什么叫增强CT。检查结果非常确定，肺癌。我们家小鱼儿胸腔里面长了一个非常奇怪的肿瘤，这么大的瘤子估计已经到了中晚期了。目前来说还不知道是良性还是恶性，要进一步观察才会出一个治疗方案。”

断手断脚了，晏矶道已经断手断脚了！

时间在这一刻间隔了很久，寂静无声占领了全世界。小颦还是尽量忍住自己的激动情绪，她平和地询问："怎么样，你那边拿到了多少钱？"

心脏停止跳动了，晏矶道心脏停止跳动了！

只有哭声，肯定是带着眼泪，现代的机械化怕的就是水。什么电路哇，什么电池呀，什么运转啊，怕的就是水。晏矶道心思坏着呢，他知道时代的机械很怕水他才哭。一切痛苦的根源都来自信息的传递，自己要是把这个通信工具弄坏了，信息传不进来了，不知道就是什么事也没有发生。知道得越多，痛苦就越多。什么都不知道，就什么烦恼都没有。

晏矶道哭着挂断电话，然后他用尽最后一分力气，一个人如同狂怒的猩猩疯狂捶胸发出阵阵嘶吼："一块钱都没有，哈哈哈，我一块钱都没有，我一块钱都拿不出来，我救不了我的儿子。"

晏矶道听见背后传来小小的声音："小山，今天雅玲和明科那俩孩子怂瘪瘪的，他们在我家门口晃来晃去。我能猜到他们俩小家伙什么心思，我告诉他们这件事不怪他们。你也知道他们和我家小孙子玩得好的，但他们非和我说什么，说什么我们家的小孙儿他是想要去龙门，小鱼儿他最喜欢去龙门。"

"这里哪里有龙门？"

听到自己儿子说了一句白话，作为母亲的她顿时不害怕了，她心里满是母亲对儿子已经长大成人的欣慰。她的嘴角一弯，把手放在胸口，在捋衣服，自己儿子活了这么久，这才活得像个人。

“他们俩孩子跟我说是什么在河桩那里。”

“对，那里是有两根长木桩。”

长大，从来不是看年纪的。有的人五岁就长大了，有的人九十五岁还没长大。作为母亲，她认为自己儿子长大了，晏矶道只要能说出最简单的白话就是长大了。然后她走到床边，拍了拍床上的东西，是她放在这里的钱和存折，她说：“吃完了就早点睡，明天你要去医院的，你必须陪着孩子。做父亲的就得陪着自己孩子，你明白妈说的话吧？陪着他，你就不会再难过了。”

另一边，晏羽突然昏迷过去了，整个人神志不清。晏羽的母亲小颦刚拿到一些检测结果面如死灰地回来，回来第一眼就发现了自己儿子的状况，她惊悚，很失态地跑出去。把一个医生领到晏羽面前，让医生看着晏羽惨白无力的垮脸。晏羽脸上那双眼睛紧紧闭着，所以没看到这世界让他的母亲小颦都快要给医生跪下了。已经跪下来了。

“医生我求求你赶紧去给我儿子开刀，去治吧，我老公马上到，他马上送钱过来。”

周围病房里的人，外面走廊里的人，都听到了，如同被呼唤一般朝着病房里汇聚。其实，围再多人看，也没有用。没有一个人会从人群中跳出来，然后义愤填膺地问一句，发生什么事了？没有这样的人，至少现在在这个医院里没有这样的。都喜欢藏匿于人群之中窥探，这就是舞台呀，舞台上戏剧在表演。不会有哪个观众会大吼一声冲入舞台，然后和原有的表演者一起表演，不会的。人又总是会体恤弱者的，看着和自己一样的人被欺负，会有种独特的怜悯。小犨希望靠这个博得一线生机。

小犨她是有自己内心的骄傲的，人活着，在心灵深处总归有一副傲骨。从她平静的说话态度来看，她不是一个会撒泼打滚的人。事实是她根本做不到平静，她被现实打击得狼狈至极。

“犨儿，你在干什么？快起来！”一声呵斥从人群中发出来，是晏矶道赶了过来，他的速度故意很慢，然后把小犨搀扶起来，对旁边的护士医生们说，“你们按照规矩办！”

那护士医生们面面相觑，点点头，赶紧从人群中出去了。周围的人看到好像没有什么大事发生，就觉得没趣，散了。小犨看了晏矶道一眼，晏矶道居然没有穿褐衣，全身上下从里到外都是普通人的装束。她这才反应到刚才晏矶道说的是一句白话，在这一瞬间，她看到晏矶道假装坚毅的脸上隐藏着憔悴，她闻到了自己丈夫在深夜里哭泣身上带着的和海一样的味道。小犨她哭了，她不是为刚才跪下去失去自尊而哭，她是舍不得自己丈夫晏矶道居然……居然也屈服成了这副模样。

“有人打电话给我，我接到后，听说你在村里要钱被三个人给打死了。”

“我死不了，该死的人绝大多数都不会死，不该死的人倒活不长。”

“我知道电话里头在瞎说，我知道，我知道你还会回来的，我知道……”

“不要再哭了。”

晏矶道把头在小鞶肩膀上蹭来蹭去，好像有很多委屈，他说:“我去求那些人，我去求他们还我钱，我说我儿子不能死。然后那些人说还钱是不可能的，让我求我爸的学生，求其他人的帮助，我就骂了他们。我用白话骂的，他们死命打我，把我丢到路边。这世界上谁被骂了娘老子都应该激动，但是我感觉他们该骂。我已经没有办法了，我搞不来钱，我……我……”

“唉，你要是不来搅和，我刚才就已经成功了。我来求医生，我求他们先把我们儿子救了，再慢慢还钱，我马上就要成功了。”

“我知道，我知道，但，不行……不许这么做！”

小鞶睁开那眯着的眼睛看着晏矶道，她刚才都是一边哭泣着一边说，听到这话她似乎也知道了什么，缓和了哭势。没想到自己老公晏矶道流出的眼泪比她还要多。护士这时又推着车来了，来照看旁边几个病床的病人，只是做完事转移出去的时候说了一句:“晏羽家属到底下去交钱。”

晏矶道现在才收拾心情，努力平复，然后也拿出黑色塑料袋紧紧包裹着的厚厚一沓钱，交到小鞶手上，他说：“先把在这里住院的钱交了吧……”

小鞶诧异地看着手上的钱，眼睛里全是疑惑，但她也懂得什么该问什么不用问，径直往楼底下走。晏矶道终于撑不住，双脚发软，他失去力气支撑，蹲在地上。病房内的其他人并未对此表示出什么，他们依旧做着自己的事，躺在床上的躺在床上，坐在床边的坐在床边。毕竟每一个病房都会收容人的无能为力，这说明不了什么，人都是独立支撑的个体。等到交完钱的小鬕回来，晏矶道身上也恢复了几分力，他给小鬕让路。谁知道等到他们两个人一边一个坐在床边的时候，儿子晏羽这时候醒了，他睁开那双紧闭的双眼，先是无力地盯着天花板看，然后再看向左右，发现自己的父亲母亲都在，晏羽很开心。

晏矶道他更开心，父亲就该陪在儿子身边，可他没想到自己的儿子晏羽开口就是这样说："我听到了，我什么都听到了。"

晏羽知道他父亲母亲让他去上学已经很不容易了，如果此时自己还生病，那他们还要为他这个小的花费更多的精力更多的钱，那无疑就是喝他们的血吃他们的肉。晏羽明白事理，还未等自己的父亲母亲开口说话，他就自己说："去龙门，我要去龙门。"

小鬕和晏矶道面面相觑，一时间都无法回话，此刻他们还没有做出决定。毕竟人在生活中要是没钱，只能走一步看一步。他们无法做出决定，只能根据事态的发展得出相应的结果。可自己的儿子还在那里呼叫，坚持要去这个叫龙门的地方。

晏矶道这才开口说："是河边有两根木桩子的地方吗？"

晏羽点点头，然后突然发现了不对劲，猛地转过头，震惊地盯着自己的父亲。自己的父亲晏矶道居然说了白话，这真是罕见的一件事，比月亮坠落毁灭恐龙时代还要不可思议。一切都不可思议，晏羽的目光从上到下打量，发现自己父亲晏矶道从内而外转变了。外面穿的是现代的外套，虽然之前已经穿过了，但还是能透过衣领看到里面的内衬也变了。这一切看起来不正常，但又很顺眼，原来自己的父亲也是一个正常的父亲，可为什么之前却表现得如此让人讨厌？

“是那里，我就想到那里去。”

“那你能告诉爸爸这是为什么吗？”

“鲤鱼要跃龙门。”

“然后呢？”

“变成龙了呀！鱼成了龙就不会每天在水里担惊受怕，是在天上飞的呀。你看我的名字，羽毛就是用来飞的，鱼也是来飞的，变成金龙在天上飞，多威风，闪闪发光。龙是住在天上的，太阳一照在上面就发出霞光，有时候是早上，有时候是傍晚，那种亮眼的闪闪的光，其实都是金龙的光。”

“儿子，等你病好了我和你妈再带你去行吗？”

“妈妈说我没事，我也感觉我现在好了一些，我已经好了，我们可以去。”

“医生说不行。”

“是那些白色蛋吗？他们说的话我都不太相信，嗯？难道这一次是轮到我中毒了吗？”

“不是中毒，是生病了。”

“那我也要下蛋了吗？”

“生病是生病，下蛋是下蛋。”

“爷爷就是生病了吧，我知道你们老是背着我偷偷来医院哭。爷爷生病就是成蛋了，爷爷死了，你吃了爷爷的蛋，爷爷再也回不来了，是你害了爷爷。”

“爷爷是年纪大了，人到老了自然就会死了。爷爷也没有变成蛋，他只不过是被火化掉了。”

“我只知道树要是下了蛋，树也是要死的。生病的树要是死了，它们会把自己最后的愿望存在蛋里，蛋就孵化成蘑菇，蘑菇显现出来的颜色就是这棵树的愿望。我和爷爷一样，是不是我也要死了？我也去加热孵化了，可能我的蛋不是青花瓷，我和爷爷愿望不一样。”

听到儿子晏羽的话，晏矶道和小鞶好不容易流干的眼泪又在蓄。一个大大的浴缸为了洗澡提前做好蓄水准备，人的眼泪和水龙头一样，不拧的时候滴水不漏，一旦开关开到最大，奔流不歇。还是忍不住，母亲小鞶率先哭了起来，她捂住自己的嘴，不让自己出声。看到母亲小鞶的情绪崩溃，晏羽似乎明白了一些什么，那么庞大的恐龙都会灭绝，更何况是小小的自己。

“爸爸，我已经老了呀。”

“你不老。”

“那我为什么要死呢？”

“没人说你死，爸爸说了吗？没有说。”

“死了就什么都没有了吗？不能再去玩，不能再去跑，就变成蛋被关在一个小小的壳里，哪也去不了，还要被别人吃。”

“不对，死了会留下很多历史，历史是会被遗忘，但从来不会死。不能去玩，不能去跑，这是真的，被人吃也是真的。”

“那上天怎么说？爷爷的眼睛在天上，天上也有一层住的人，我会不会去天上住？我会不会变成神仙然后趁着下雨又回来？”

“没有怎么说，爷爷的眼睛不在天上。天上不会有人住，你不会去，你不会变成神仙，你只不过要睡一个很长时间的觉，久到所有人都和你一起睡一个很长时间的觉。”

“我说的话你都说不对，你还是这么讨厌。”

晏矶道看了一眼自己有点生闷气的儿子晏羽，似乎露出了久违的微笑，他对儿子晏羽说:“那爸爸不和你作对，爸爸跟你说一个你肯定感兴趣的事情。嗯，今天爸爸来的时候啊，外面全是大风暴，我根本站不住，我就抱着一棵大云杉树。爸爸说过，云杉树可挺拔着呢，这么多年不动摇。可是今天连它都被风吹起来了。你说巧不巧，爸爸抱着的这棵树被吹落下来的地方就是在医院门外，爸爸就是被这云杉树带到医院来的。”

“我知道了，是天上的神仙又想偷走云杉树！就是神仙偷了之前河边的一棵大云杉树，我知道的。上次我就发现，我没敢跟明科和雅玲讲，没想到这一次又被爸爸你发现了，哈哈，神仙他们总是偷偷摸摸的。估计是天上的神仙怕被更多的人发现，就把你送到这里来了，不想让你和更多人说。你快出去看看门口的云杉树还在不在，要是不在，肯定是神仙又偷偷摸摸带走了，快，你快去看看。”

晏矶道没想到自己随口说的话竟真会让自己儿子兴趣盎然，原来自己儿子的语言体系是这样的，他想他应该明白了一些。但这不是他想说的重点，他接着又说：“是吧？这个爸爸倒没发现，我发现的是一个更加奇怪的问题。你想想看，爸爸这样的体重都站不住，抱着树都会被吹走，那为什么蝴蝶还能在原地？”

晏羽真就被晏矶道的话语转移了注意力，发问：“是那小小的蝴蝶？”

看到自己提起了儿子晏羽的兴趣，晏矶道更加认真地回答：“对，有两扇大翅膀，很轻很轻的蝴蝶，这样的暴风都吹不走它。”

晏羽表现出一点惊讶道：“它真厉害。”

晏矶道立马接话鼓励：“儿子，你和它一样厉害，什么风都刮不走你的，相信爸爸。”

晏羽突然明白了，他明白自己的父亲晏矶道在说什么。他自问从来没有感到害怕，他之前所有的一切都是疼痛，不是害怕。还有就是好奇，不是害怕。晏羽看着这里的点滴，毒蛇还在慢慢进入他的身体，他不想了，他不想再让他的身体里进入很多小动物。好奇怪呀！晏羽现在害怕了，他害怕死，他害怕自己再也醒不来。人在夜晚睡觉的时候，眼睛会飞上天成为星星，是想看这个世界呀，想活着。是不是所有的人死之前都是想睡觉的？是不是下蛋那最后的一个愿望是在睡梦中完成的？母鸡下蛋眼睛是闭着的，树下蛋枝叶是枯黄的，恐龙下蛋所有一切都是毁灭的。

嗯，必须要去龙门！

晏矶道和小鞶突然也明白，光阴的多少从来不是时间的长短，时间这个东西，怎么说呢？人无能为力的地方太多了，倘若真的撒手人寰，就一定要让其世间无遗憾。不带着遗憾来，不带着遗憾走；来时不知遗憾，去时没有遗憾。他们决定要完成自己儿子晏羽最后的愿望，鲤鱼跃龙门，那就跃吧，或许这一切是叙事的完美结局。

人是独立，但会相通，这是一个世纪好消息，笑容终于洋溢在三个人的脸上。

“回家喽！”

“回家！”

如果有喜欢早起的人，或者说有早早起来做事的人，在太阳刚刚升起的时候，会发现这么奇怪的一幕：马路上有三只漂亮的羊。这三只漂亮的羊和早上的天空是一个颜色，太阳还没出来，公鸡还没打鸣。沙河村里是有人饲养羊群的，一次性养了几十乃至上百的羊。羊群在赶羊人的指挥下被赶到一个地方去吃草，可这三只不是。它们不是咩咩地慢慢奔向草场，更像是黄昏时一边排出一粒一粒黑粪球一边被驱赶着回家。

有一只身上是纯蓝的，这是天空的颜色。它有着淡蓝色腿脚，走起路来不紧不慢，有条不紊中透露骨子里自信的美丽，羊角是弯的。

有一只身上是淡黄的，是朝霞的颜色。它有着淡黄色的皮毛，年轻连角都没有长，都不走路，就坐在一个小的轮椅上，好像是罹患重病，病恹恹的模样。

有一只身上是通红的，是晚霞的颜色。它有着通红色的羊角。它的羊角又长又尖像是武器，可是与它纤弱的身体形成鲜明对比，它的身体似乎不允许他扛起这么重的头，整体看起来不协调也不对称。

早起的人对这三只羊没有什么特别的感情，不会对此嫌弃，也不会对其表示欣喜。只不过是平日里发生的一些平常的事，但随即发生的事让他们瞠目结舌。看呐，看那天边，居然出现了两个太阳。两个太阳遥相辉映，一个在东，一个在西。东边的太阳光彩夺目，看不清轮廓。西边的太阳其实就相当于东边的光影，还要黯淡一点。但，是太阳，轮廓比较清晰。从来没有过这样的日子，太阳居然能够将所有的人召唤出门。今天的早晨比过往所有的早晨都要明亮。不过还是比不上白天，现在就像是大电灯照亮的房间，一切都有轮廓，是不是都有这种感觉：白天能看见一切，但是所有东西没有轮廓。夜晚只能模糊看个轮廓，却看不见具体是什么东西。

这三只羊就在这样的围观之下缓缓走过这条金子铺满的路。早上还有积水，路上的坑坑洼洼填满的全是光亮的金子。权当是馈赠吧，晏矶道什么话没讲，他在时刻注意自己的儿子晏羽，生怕这样的情况下儿子会做出一些激动的行为。可是他想错了，自己的儿子晏羽比往常还要安静。以前儿子晏羽只要出来，看见什么都会有奇奇怪怪的说法，现在出现奇怪的景象，却比平常还要镇定。晏矶道现在反倒好奇他儿子不说话的原因，因为他不知道天上的太阳是假的。晏羽早就看破了，太阳就是三只腿的火鸟啊，现在天上的那两个太阳没有一个是，所以早上出现的这两个太阳都只有亮度没有温度。这没有什么好说的，晏羽经历过一次月亮的真假了，他已经对这个不感兴趣了。

现在的晏羽认为眼前的一切是一种对自己的鼓励，自己回家，家附近所有人都是健康的，只剩下他一个人是中毒的了。他作为沙河村最后一个中毒病人，一定会受到关注。与此同时，这种关注让晏羽觉得回家的感觉真好，晏羽已经彻底忘记在城市里是怎样生活了。没有了小轿车在又宽又大的马路上发出金属的鸣叫，没有红绿灯示意的前行也不会想要停一停。城里的时间是要比村里的时间起码快二十年，村里的一切都很慢，那仿造的徽派建筑屋檐上的怪兽据说是龙的儿子螭吻，它也很适应这样的生活。晏羽在自己的小床上躺下，结束今天的奔波。晏羽觉得自己真的好累，他现在真的有一点害怕休息，闭上眼睛之后他不知道自己能不能再睁开。

“爸爸，今天太晚了，明天我们再去龙门好吗？”

“明天也不行，你等爸爸三天，可能还要等更多天。等爸爸我从外面回来，我再带你去龙门，我们一家人再一起去。”

“那你告诉我为什么要等你？”

“因为爸爸要把鱼缸拿回来。”

“就是说家里的那个鱼缸？”

“对，就是这个鱼缸，我还要把这鱼缸里的鱼一起带回来。”

“那不管要等多少天，我都等你，我一定会好好在家等你回来。”

西江月，一夜梦。

进入梦境，气氛就变了。在梦里，人就没有逻辑的无所不能，有时候还能见到自己想见的人，完成自己完成不了的事。梦形成的种类是欲望，有的是本能，还有一些其他的，但最主要的是这些梦都会自我修饰。修饰细节，修饰场景，就是为了让做梦的人觉得真实。

要不然晏羽怎么会梦到自己能够跑到龙门？他现在很虚弱，走起来其实都费劲，从医院回到家都是专门弄一个小轮椅代步，更别说跑步跑过去。到达龙门之后，他发现自己能在河面上行走，他踏着滚滚翻动的河面，有一股神奇的力量在托着他，就像在飞，真实的失重感让他悬浮。那两根高高的云杉树木桩前面好像出现了隐形透明的楼梯，晏羽踩着楼梯，一步一步向高处走，走到最顶峰。他真的越过了龙门，可是却发现自己没有变成金龙，而是变成了一棵树，变成了一棵云杉树。

晏矶道也做了梦，他梦见自己穿越千百年去到了遥远的未来。他完美融入却又格格不入，身处其中游刃有余，同时又寸步难行。他还梦见自己妻子居然不是小鞶，他也没有一个叫晏羽的儿子，他一直都在整理自己的作品，不希望自己的心血被误传或失传。到最后，终其一生也算是不留遗憾地安然离去。这是一个他喜欢的结尾，他的结尾早在他出生时就已经注明：上善若水，水善利万物而不争，处众人之所恶，故几于道。不对，我是矶道。跨越千年使人面目全非。我的确存在，我也不知道我叫什么名字，我，我大抵是个糊涂蛋吧。

梦醒寒鸦，晏矶道惊坐起，屋外鸟叫声悠长。小鞶也被惊醒，她看到晏矶道浑身冒虚汗，想必是做了一个噩梦，她慢慢用手去抚摸晏矶道的后背。晏矶道却感叹这梦又虚幻又真实，何必这么早催教梦醒呢？该不会像小说一样要走到故事的尾声了吧？既然不让自己睡，那晏矶道干脆就起床收拾，拿出之前写好的那两首词，他自己又看了看，精读了一番，还是觉得没需要修改的地方。很随意地将纸折叠放进自己的口袋，其他的东西都不需要了，兜里揣了几张钱便出发。

昨天晚上和黄庭间打电话已经联系好，黄庭间带着鱼缸和鱼开车过来，他自己坐车去找黄庭间碰头，他再坐黄庭间的车一起回来。

小鞶一开始也不理解，问："你们已经谈好了，你直接让鲁执载着鱼缸过来，你何必再过去找他耽误事呢？你只要在家里老老实实等他就行了。现在这个情况，儿子他还不知道能坚持多久，多陪陪儿子啊。"

晏矶道却回答："我之前一直在逃避，遭遇大的变故我一直都是逃避，向来如此。我写词从来不拿去比赛，不用来考学位，最主要的原因是因为我怕。我怕输，我怕丢面子。赢了还好，要是输了，人活着就是为了一个面子啊，我接受不了。爸他在医院的时候，我怕。我怕失去，我怕面对他的死，结果失去得更加干净彻底。他们那一群人来讨债，我也怕。我没有和他们对峙的勇气，我只能装疯装傻。带着一家老小狼狈躲回农村，最终还是没躲掉。儿子现在这个情况，我还是怕。我怕我的宝贝儿子就这样离我而去，送完白发人，我又要送黑发人。这一次，我不想再去逃避了，我不想再等待，我主动出击去面对，顺便，我和我的过往道一个别。”

小鞶似乎感受到一些什么：“现在就是大家一起在面对，这一次你没有逃，你根本就不用去碰头啊。你只要好好陪着儿子，陪他最后的这几天，让他快快乐乐的，我们家的儿子必须快快乐乐，就行了。”

晏矶道看到小鞶眼角不由自主流出的眼泪，黯然地说：“我已经和儿子聊过了，儿子他会等我，不管几天他都等我回来。我相信我晏矶道的儿子会做到，他向我保证过的话，他都会做到的。”

没有等时间反应过来，晏矶道已经背离家门，小鞶立在房间里瞧见外部的环境介于光亮和黑暗之间。太阳还未露头，黑夜悄然撤离，呈现出一种灰色。

一路上晏矶道也没有闲着，他对一切都有安排，每一步他都有对策，毕竟这是他在世这么多年活得最真实的一段。晏矶道打个电话给他二哥，这么多年来，兄弟这么多年，他第一次求他二哥。二哥还被蒙在鼓里。晏矶道刚刚回村时母亲托人告诉他弟晏矶道落难，二哥在城里生活，得到消息也是立马就赶回来。他们兄弟都各自为家，且遍布全世界，兄弟情分早就名存实亡。但是晏矶道不一样，他是父亲晏书最喜欢的第七子，如今父亲走了，什么都能变，唯有血缘至亲变不了。兄如父，他非常希望自己的小弟能够浪子回头，所以才不停奔波想为自己的小弟谋求一个稳定的职业。晏矶道真不想让这个一直都在帮自己的二哥再操心，他谎称现在已经安定下来，一切步入正轨，还告诫自己的母亲不要再给他的那些兄弟们通风报信。二哥真的没有再来，或许是之前晏矶道给人写对联的事传到了他的耳朵里，觉得自己的小弟已经脚踏实地生活了。

“二哥，嗯……能不能，我就是问问啊，你有没有吊车司机的联系电话。”

“矶道？是小山吗？怎么说白话了？怎么了？你要这个电话干什么？”

“我对人这块没有过多交流，你就说有没有嘛。”

“有，但我必须要知道你要这个吊车干什么，我觉得可以帮你，我才能给你这个电话号码。”

“没事，就是小事，需要吊车来帮个忙。”

“别撒谎，肯定是倥偬的事，要不然你会说白话？对啊，你都说白话了，你是不是想死？”

“真的是不值一提的小事。”

“不值一提的小事往往都会被提出来，可现在你什么都没说，要知道，值得一说的大事才往往都不会说。”

“我应该需要两辆吊车，其实一辆也行，就一辆吧，我需要拿他来吊一个鱼缸。鱼缸也不大，一米乘一米的鱼缸，要把这个鱼缸吊差不多二三十米高的样子，这个高度应该差不多，就这么个事。”

“把鱼缸吊那么高干什么？”

“我儿子啊，这孩子老是想飞，我要帮他完成这个心愿。”

“你真是太宠你儿子了，和爸宠你一样。哼，行，吊车这个事你不用管了，我能帮你安排好。”

“谢谢二哥。”

“难得，难得你会谢人，你二哥有你这句话就够了。”

电话挂断，原来亲情是这样温暖，晏矾道在车上自顾自开心。左右的人眄视他那脸上的笑容，也笑，但恐怕不是因为开心，或许也是因为开心。世界上有很多开心的事，这其中肯定有感谢和被感谢。感谢别人的人开心，被感谢的人也开心。晏矾道觉得自己做了一个正确的事，他很少谢别人，就连之前二哥那样前来帮他找工作，他都没有说过一声谢。

说到这，他突然又想起来，他好像没有谢过自己的父亲晏书，好像也没有谢过他的母亲。感谢是一件很困难的事。感谢原来是一件简单的事，反正他感谢后的这一次挺开心的。

吊车的事既然已经解决了，现在唯一要解决的就是鱼缸了。电话里晏矾道多次询问黄庭间之前带走的鱼是否还安在，如果少了一两条，也绝对不要再去买其他的鱼混入其中。少了几条就少了几条，一定要是原来的那些鱼。他还对黄庭间说他儿子晏羽能够和鱼讲话，和鱼很熟，要是知道这里面有新的鱼会让他儿子生气，觉得做爸爸的骗了他。黄庭间则表示一条鱼都不会少，鱼的寿命很长，能活一百年。晏矾道听了又笑了，黄庭间不会说这样的话，这样的话像是他儿子说的，该死，他又做梦了。

梦醒来，车便已经到站。不需要坐到底，就在中间站下车，他和黄庭间已经碰头了。

黄庭间从车子下来，他穿的还是袍衣，同样是用毛和麻织成的。这衣服的身长较长，袖子较宽，里面的内衬是白色的，和外面的颜色相得益彰，只不过走起路来被风一刮，有种虚无缥缈的感觉。相反的，晏矾道穿了一件朴素的褂子，看到黄庭间之后，立马迎上去，两个人眼神一对视，什么话都不需要多讲了。晏矾道表示如果能不休息的话，就不休息，抓紧时间，他也不确定他的儿子能够坚持多久。黄庭间也照做，但不知道晏矾道有没有发现，黄庭间不太对劲，多次有意无意瞟向晏矾道。这种眼神，只出现在正常人对病人的关爱中。

开车的黄庭间多次想讲话，话到嘴边又没有讲出口，可能是圆领的袍衣久坐之后有些地方被拉扯着让他很不舒服。

晏矾道露出一个似乎是自己什么都明白的表情，他倒是率先开口："郑狭和吴乌至他们俩现在怎么样了？"

从一开始就疑惑的黄庭间，这一刻真是再也绷不住了："电话里讲话真的是你，你现在真的讲白话了，小山，到底是什么改变了你？"

晏矶道却不以为然地说："全世界都在讲白话，为什么我讲不得？为什么我讲就好像翻了天一样？这都是再普通不过的事情。"

黄庭间点点头，回答："话没错，谁都是说白话。嗯，郑狭和吴乌至我也不知道他们怎么样了，我现在已经和他们断了联系，他们拒绝我的探视。"

晏矶道一股子阴阳怪气地说："王觥真是聪明！真的，我有时候也觉得他真的太聪明了。我早年说他一定会喝酒喝死，他就真的喝死了。为什么？他就是聪明，真的。你看看我现在，当年郑狭说我是云间晏公子，吴乌至和我并称二酒仙，你看我现在，你看你看，和酒鬼差不多。稀里糊涂，跌跌撞撞，不知来路，没有归途。"

黄庭间又出现那个眼神，这个眼神，是关爱病患者的眼神，就这样不忍心地看着晏矶道，说："小山啊，去看过医生了吗？"

晏矶道也点点头说："没有断过，我这一段有血有肉的人生脱离不了医院，没有医院，我也不可能成为现在的我。"

黄庭间语气变得缓和，他眼睛一直盯着前方的路，因为这样的举动让眼睛聚焦之后不会模糊，不会流泪。黄庭间不知道为什么想哭，对一个男人来讲，哭泣永远是一个懦弱的词，况且，这真的谈不上有什么可以哭的点。还有就是有一个误区，流泪只是情绪的表达，但有时候就是这么突然，想流泪就流了。黄庭间的泪确实没有什么原因，但他接受不了他这么多年的挚友如今精神失常到这番地步，他接受不了。

“小山啊，你确实是改变了，路，不好走啊。我知道晏老先生去世之后对你的打击确实很大，但是你得挺过来。我们人是会做梦，但是我们人也会区分梦和现实。知道到底哪个是真，哪个是假，中间界限很清晰的。唉，说到底还是你的性格害了你，你远不是现在这般落魄，以你的才气，真的没必要在虚假中沉沦。”

“鲁执啊，说到这个，我还真想给你看一件东西。”

晏矶道对自己挚友的眼泪没有多大兴趣，对挚友这一段掏心窝子的话，也没表现出多大触动。他从口袋里掏出一坨纸，被折叠过的纸。把纸翻转开来，用手撑开捋平，然后放在车前面的前围上，漫不经心地说：“这两张纸上是两阕词，两首《鹧鸪天》，我写给蔡经的。”

黄庭间对这个事确实表现出了不淡定，晏矶道露出了一副果然如此的表情，现在黄庭间所表现的一切他都猜出来了，并不是嘲笑或者看不起黄庭间，晏矶道知道黄庭间是为自己好，但是他现在已经变了。晏矶道语气强硬，脸上露出轻蔑的表情，黄庭间见过，是当年晏矶道在酒桌上喝多了之后的狂态，言语被倾吐出来：“从王安士到司马广到蔡经，我，春风只是人间客，你繁华又得几时风光？苏拭？还是你黄庭间？想想我爸的学生们，我的姐夫付弼，还有欧阳休，范重淹，哪个不是人物？到了现在，他们人呢？我还记得，当年时兴中长调，可我偏不写，我只是写已经过时的南唐后蜀时候的小令，坚决不与时代同流合污。虽然现在我变了，但我还是不会写，我顶多就贪心地回到自己之前的快活日子。如果可以，等我儿子没有遗憾地离开之后，我会写一部小说，一部白话文小说。我的儿子喜欢我讲白话，我会用他喜欢的方式，将我这一段真实的人生描述出来。至于这两阕词，你不用读，词中我根本就没有提及蔡经，蔡经他是什么秉性的人你比我清楚，在我的小说前文中我压根都不想让他出现或露脸。”

在黄庭间眼里，晏矶道依旧保持着当年的狷介，什么都没有变，只不过是精神不正常。人生遭遇重重变故，从天上落到地下，晏矶道一时间接受不了，精神失常后居然成了现在这副模样，黄庭间实在于心不忍。只是他分不清楚他的这位挚友到底什么时候是清醒的，因为晏矶道有时失常，有时也正常，真的在梦里一样。有一些事，实打实发生在晏矶道身上，还有一些事，完全就是晏矶道的臆想。就好像正常的部分基于现实，不正常的部分就被梦给自我修饰，故意让一切看起来正常。不正常的部分往往是内心深处潜在的欲望，就是本能或者是某一种缺失的压抑释放。

晏矶道太不容易了，黄庭间现在做的一切都是顺着他，对于晏矶道提出的请求全部满足，对于晏矶道说的话，装作全都相信。

“词里不提他就不提他了，那你需要我做什么？”

“我需要鲁执你把这两阕词转交给他。”

“你是让我把你的词交给蔡经？”

“对，我想请你代表我，因为我不想再去见过去的人了。”

“你不就是一直活在过去的人吗？”

“你指的是历史？”

“过去等同于历史吧。”

“历史就寥寥几笔，你觉得能留下什么呢？我是活在当代的人。”

黄庭间的眼神在不经意间瞟到了自己的袍衣，当年的人确实没有留下几个，退的退，走的走，甚至有离世的。世界从来不会因为人离去而停止运转，老子曾曰，天地不仁，以万物为刍狗。潮起潮落，真的留不下什么。倏忽间，黄庭间突然又想到什么，人的思绪总是从一点被突破，然后发散开来。但是黄庭间现在脑子里更加清楚的是晏矶道为人的性格，他不愿意接受别人的好心帮助，皮里阳秋之下，黄庭间脑子里想到的这件事终是被滚滚的车轮甩飞很远。

车上的两人沉默了很久，耳边只有车轮摩擦地面那种轰鸣的极速。真的不知道过了多久。窗外的风景还是不停变化，行驶在高速上总会看到两边零散的房屋群，从市区的高楼到低矮的茅草堆，晏矶道无比悱恻地在这段时间中说了一句话。

“鲁执啊，嗯，身外，闲愁空满，眼中……欢事常稀。明年应赋送君诗，细从今夜数，相会几多时。浅酒欲邀，谁劝？嗯，深情唯有君知！东溪春近好同归，柳垂江上影，梅谢雪中枝。”

黄庭间听后没有说话，他也不休息，就专注地开车。他没有休息，连续开了三十个小时，没有进食，才以最快速度到达目的地。黄庭间整个人都虚脱了，听到晏矶道确认已经到达目的地时，他的眼睛就再也睁不开，直接昏睡过去。

晏矶道虽也疲惫不堪，但他至少在半醒半睡的情况下休息了。他有点开心，和儿子约定三天时间，自己提前回来了。晏矶道赶紧下车打开后备厢，自己一米乘一米规格的鱼缸果然还在。里面只有少许的水，比之前要脏很多。那群鱼也在，十八条应该是一条不少。是用那种钓鱼的专门的活鱼桶装着，里面保持着活力。晏矶道朝屋子里喊，喊小颦的名字。听到呼喊后的小颦赶紧从房间里跑出来，她的眼睛带着泪，晏矶道心里隐约觉得是否自己回来得太晚，和小颦眼睛对视一下，小颦含泪点点头，晏矶道心情好了很多，他知道儿子还活着。丝毫不怠慢，赶紧招呼小颦把鱼缸里的脏水倒掉，自己则取活鱼桶往房间里走。

晏矶道他二哥和他母亲站在旁边，晏矶道刻意回避他二哥的眼神，因为他觉得他的母亲应该把实情全部和他二哥说了。他猜测的没错，他二哥看到晏矶道进来，眼里尽是责备，不过责备中透露出一脸无奈。随即，他快速地出门，他要做他该做的事情。母亲想要接过晏矶道手里的活鱼桶，可被晏矶道拒绝了，随即他单膝跪在地，把活鱼桶拎起来做呈现的姿态，打开活鱼桶的盖子，说："儿子，能听到吗？"

晏羽已经插上了氧气，躺在自己床上的晏羽努力吸氧气。他的头发全被剪了，蘑菇头那厚重的头发会在汗液的折磨之下紧贴头皮，头发凌乱，一根一根就像小针一样在不经意的地方扎着自己的皮肤。剪成光头很好，省去这些麻烦，还更像鱼了。鱼是没有头发的呀，鱼是滑溜溜的光头，顶多有满嘴的胡须，比如大鲶鱼四根长胡须。但是晏羽的头发更像是有羽毛，他的名字就已经决定了他是有羽毛的。现在把他的羽毛全部剪了，没有羽毛的话鸟是飞不起来的。又错了，喜鹊、燕子、鹧鸪、乌鸦、白鹭、黄雀、灰鸽、斑鸠、八哥、翠鸟、灰喜鹊、白头翁、金丝雀、杜鹃鸟、啄木鸟、布谷鸟、画眉鸟、伯劳鸟，这十八种没有羽毛。而且它们全部来了，晏羽的十八个鱼弟弟逐一点名，一只不少的全部在这。

听，不是让你听鱼在水里扑腾鼓泡的声音，没听见吗？手臂在挥舞，风扇般立刻掀起气流，两股气流对撞发出来的声音比天上的飞机发动机制造出的声音还要巨大。没有人能够经得起这样的噪音袭击，震耳欲聋的感觉真会让人在耳鸣中失去感知。晏羽被唤醒了，他听到了最熟悉的声音，让他去龙门。晏羽睁开眼睛之后咳了咳，想坐起身来，一旁的祖母完美了解到他的想法，将他扶起身来之后，递来了一杯水。确实很渴，喉咙里面全是干涸的河床，咕咚咕咚几杯水下肚之后，祖母还给他递了一个东西塞进他嘴里。他没嚼，囫囵吞枣般吃下，就好像是直接吞了完整的一个被做成飞机样式的包子。

晏矶道看到自己母亲给他儿子喂了两片止疼药后，居然眼泪想要夺眶而出，但是他却强忍着，装作很开心地说：“儿子，爸说到做到，回来了，还带回了你的小鱼们。”

等自己缓和了一口气，晏羽很开心地说：“我知道，鱼弟弟们和我讲话了，我也做到了，我等到我爸回来了。”

晏矶道的眼泪真的控制不住了，一边点头流泪一边轻声说：“去龙门吗？”

晏羽很痛苦地说：“我胸里面好胀，好像有什么东西要出来，爸，是不是医院里的那些白色蛋留在我身体里面的毒蛇要出来了？”

晏矶道不知道儿子在说些什么只能胡乱点头应道：“可能是吧，不怕，什么都不怕。”

“要是我和爷爷一样上了天，那我的眼睛一定在天看着你。爸，你记得也看看我啊，天上好冷的，天上的月亮蛤蟆都是被冻僵的。”

“没问题，你说的爸都照办。”

“那明科和雅玲来没来？要是狼王回来了，他们一定要来通知我。”

“他们马上会过来的，他们应该都过来了。”

“爸，我好像不会痛了。”

晏矶道察觉到应该是止疼药开始起作用了，时间真的不等人。

“好，那我们现在就去龙门，现在就去。”

晏羽祖母立马推过来了小轮椅，晏矶道很小心地将自己的儿子从床上转移到轮椅上。晏矶道本来就瘦弱，可他却觉得自己的儿子比他还要轻飘飘，一只手就可以将儿子拎起来，鸟类果然连骨头都是轻的。他完全可以一只手拎着儿子，一只手拎着活鱼桶，但活鱼桶被儿子紧紧地抱在自己怀里。晏羽聚精会神盯着里面，里面的鱼一条一条地排好队，六条一组，分成三排。它们如军训一般站立不动，都头朝晏羽，每条鱼的嘴巴都露出水面，鱼椭圆的嘴张大着贪婪地呼吸空气。晏羽知道，鱼弟弟们都在鼓励自己，动物总是会比人类更容易感知到死亡，它们比晏羽更加伤心，也流了泪。

全村的人都麇集，前面一辆大吊车开路，他们一起快步追随。可是成年人的脚步终究追不上孩子，一个留着长辫子的小男孩和一个皮肤白皙的女孩把他们甩得老远。这两个孩子是最接近吊车的速度的，可是在他们的后面又出现了三个人，不速之客。清晨的太阳比夜晚更加漆黑，风季还未过去，一阵一阵的黑风四处乱窜。突如其来的一阵飓风阻挠了吊车前行，想想也是，吊车这么庞大的身躯，所以被风吹的面积要更大。一旦风力大起来，它就扛不住地往后退。但是再怎么大的风也阻挠不了人，人的受力面积小啊，没有多少风吹到身上。风只会吹起重重的器械，吹不起小小的人，还有小小的蝴蝶。

距此四百步，两根长长的云杉树树桩相互平行矗立不动，水流湍急，风助长了它们的流速。也对，这里该是渊薮，因为再过去一点便地势狭窄，地面上嫩绿的草坪是虫子的天堂。人和虫子还是有区别，这得分开，该是人的区域就是人的，该是虫子的区域就归虫子。

人群停止脚步，无形的栏杆又出现，这里又成了一个名副其实的巨大操场。这些人都很有规矩地在无形的操场栏杆之外，一个挨着一个，围绕着，没有一个人会越过这个无形的栏杆。前面的人还微微蹲下起身，最后面的人都踮起脚尖，中间的人则是脑袋左右摇摆，在寻找一个最佳的观察点。看到有人要进去，他们又诚惶诚恐地向后退，自动地让出一条道。一个老妇女和一个中年女人推着轮椅急匆匆还在追赶，一个不大不小的鱼缸就被稳稳当当地放在车座椅上。前面那领头的男孩女孩同样没有停止脚步，他们知道自己的伙伴在前面吊车里。吊车的驾驶车门被打开，里面下了两个男人。其中一个特别瘦弱，下车的时候他还瞟了一眼坐在里面抱着活鱼桶的小男孩，然后轻轻地把车门关上。

透过车前挡风玻璃往里面看，里面的小孩紧紧抱着活鱼桶，他在哭泣，失声痛哭，是肉眼可见的哀伤。随之而来的是嘴唇发白，浑身虚脱，快要坐不稳了。瘦弱的男人转回身就要去打开车门，可能是驾驶室里面太闷，没有氧气了。

在场外被栏杆拦住的人透过挡风玻璃看到前面驾驶室里面仍然只有一个小男孩，刚才被打开的车门还是被打开，只不过那个瘦弱的男人消失不见了。

瘦弱的男人隐藏在丁零当啷的声响中，等说话的声响停了之后，男人就又出来了。他出现在这吊车的钩子底下。

晏矶道已经崩溃，总有一些计划之外的事情让他措手不及。他原以为他正要过上一段完美的人生，可现在，晏矶道累了。古往今来所有人都会死去，当所有人都了无牵挂，当所有人都会遗忘，也只不过是生物感知了一遭世界罢了。偏偏就是算不了什么的命，却在人心里的分量很重。哗然了，这真的闹大了，可不能死人！所有的东西都可以冷酷，一旦牵扯到人命，人群就会有一种默契，那是生命本能对生命的敬畏。

晏矶道在这个时代待得也够长了，确实要回到自己该回的时间里。时间被无限放大，在漫长的时间里让他重新过完自己的一生。从孩童到现在，一分一秒都不会落下，全都浮现在人的眼前。

瞬时之间，人多力量大。有人抬起晏矶道的脚，有人抱住他的腰，还有底下不能上前帮忙的，便升起手臂悬空托起了晏矶道的灵魂。

“我一早就知道！”

晏矶道二哥赶紧跑到车后面来。晏矶道二哥在责骂，众人也附和，人命关天，不能不要命。

小鞶把鱼缸从轮椅上搬下来。被搬下来的鱼缸被几个人拉到河边去灌满河水了，站在外围无法靠近的人也开始去拿剩下的钢索，是要准备将鱼缸固定在吊车的大铁钩子之下。

晏矶道那无助的眼神配合下巴微凸做出来的苦脸，面朝地面。晏书死的时候很安静，晏矶道没能守在父亲身边看着他死亡。那时候他还在和郑狭他们掰扯，他实在不该这么愚蠢。自己之前还给儿子讲故事，蝴蝶都能在大风中岿然不动，而他却做不到。稍微冷静下来，他觉得肯定是自己的态度不好，与生俱来的傲骨不允许自己做出任何低的姿态。是任何低的姿态，哪怕不是直接的那种低，都让他感到不适。现在他想好了，他立马好声好气地和那三个人交涉，他是真正地去面对。

只要能给他晏矶道十分钟，让他完成他儿子的心愿，之后所有的一切责任和处罚，他都认。

那三个不速之客居然在一望无垠的河边消失不见。河岸没有阻挡物，不是说这人偷偷溜走就再也看不到，溜走的背影是永远藏不住的。这里不是森林，没有树木，绿的草坪不过高于地面三五厘米，藏不住人的。可谁也不知道他们什么时候消失的，不用说背影，就连人都像没有来过。

走了也好，已经被晏矶道打开的驾驶室的车门还在开着，省了这一道费力的事。晏矶道看着这里面虚脱的儿子，轻轻地摇他儿子的身体，然后开始加大力度，随即紧闭的眼睛慢慢睁开，紧锁的眉头解锁。

“我好想睡觉啊。”

“儿子别睡！”

“太阳出来，月亮马上变成蛤蟆掉在地上去睡觉了。”

“目前还没有，月亮没睡你不睡。”

“我眼睛里有很多星星，不停旋转。”

“那是你爷爷在告诉你要做好准备。”

“我有点累了。”

“那边，那是什么？看看我手指指的方向。”

“龙门。”

“爸爸让你飞跃过去。”

晏羽听到自己父亲晏矶道不停地说话，他是有气无力地回答，他感觉不到疼痛，他只是感觉到很疲惫。手上的活鱼桶被父亲拿走，又被他的母亲小颦接过去，随即他被他父亲抱出驾驶室。他在他父亲晏矶道的怀里，是走路的状态，晏矶道尽量保持平稳不颠簸。大吊车紧紧跟在他们后面，还有一群人抬着鱼缸，晏羽的好朋友雅玲和明科也在人群里面。路的前方只有两个参考，龙门和拱桥。石拱桥仍然横跨河面，去年生病的木梓树又长出了新叶。嫩绿的菱形树叶，微风之下摇摇摆摆，铃铛声，沙沙沙。

又多出来几条钢索，将鱼缸固定好。鱼缸里是泡着草叶的河水，将活鱼桶里面的鱼全部放在里面，可是这些鱼好像显得很不适应，乱窜。吊车的位置也停好了，和木桩平行的河岸，不过距离要靠得远一点，长长的臂杆伸得很高，远远超过了这两根云杉树桩的长度。

“儿子，怕湿吗？”

“我……什么……都不怕了。”

晏矶道将晏羽轻放进这一米乘一米的鱼缸，晏羽屈腿靠坐着，水刚好淹过他的脖子。晏羽手伸出来扶着鱼缸的两侧，稳住自己的身体，河水很凉。他的胸口好热，这股热量在和全身的寒冷做抗争。但是晏羽显得着急，鱼弟弟们说它们很快也要死了，它们太担心晏羽，眼泪让它们原来的生活环境变成了咸水。现在河水是淡的，咸水鱼被淡水包裹会让身体肿胀而死，马上就要死。鱼是会被水给淹死的。它们的身体在一点一点鼓胀，最后的死相肯定是鼓胀成一个圆鼓鼓的小球。

晏羽撕心裂肺般扯动着嗓子："我要跃龙门了！"

如同第一架飞机的起飞。

发动机在轰轰嗒嗒，但随着起飞的一声令下，平地慢慢加速，逐渐脱离地面。在所有人的注视之下，鱼缸正对着太阳的光辉，这一束金色的光芒如同打开手电筒透过漆黑长夜射出的虹。虹桥出现，这束光透过鱼缸的玻璃折射出七彩。刺眼是真刺眼，将手伸出五指放在面前通过狭小的指缝，又可以看得很清楚。风又大了，鱼缸摇摇晃晃，轰鸣声更响，是飞机已经飞到了最高层想和太阳打招呼。在场的所有人都看到了，鱼缸水里的太阳是真太阳，水里的鱼群是真云朵，湛蓝的天空上的太阳总是显得格外美丽，正如那纯白的棉花。飘浮在空中的云朵，蓬松软胀是心窝里最柔的情。晏羽整个人都缩在光辉里，他是光的儿子。他头是低着的，双手不再伸出鱼缸之外，而是收回来，在鱼缸里抱住自己蜷缩着的小腿，是胚胎的形状。光芒在外围形成了保护壳，那金色闪耀无瑕就成了白色的壳，一个孵化了很久的鸡蛋里面的正在跃跃欲试的新生命是如此美丽动人，宛若生命本身。

"小山！这两个木桩刚刚好一样平齐，好像可以将这个鱼缸平稳放在上面。”

“好，小心点二哥，按照你说的办，就放在上面，让我儿子晏羽就这样完美走完自己最后这一程。”

人群沉默了，他们本来就是沉默陶醉在这场景之中，只不过现在他们更加安静，他们知道这种方式可能更加敬畏死亡。稍微有点认知的人都知道，这个孩子一定是不长久的。他全身上下已经没有一点活气，死气沉沉，眼睛向内凹陷露出血红色，两颊消瘦，撑到现在已经很了不起了。孩子啊孩子，孩子啊！人群也忍不住想要流泪，今天有太多人流泪了，可是如果不流泪的话，那这个场景出现的意义又是什么呢？人是明知道会流泪还要去流泪的，是明知道会悲伤还是会悲伤的，也是明知道无能为力还是会无能为力的。

“小鱼儿一会儿就自己下来了。”一个很白皙的女孩说。

“对，他一会儿就会飞下来。”一个后脑勺留着长辫子的男孩说。

在说出这两句话之后，这两个小孩的看护人，她的祖父祖母，他的母亲，立马拦住自家的孩子，并直接当着所有人的面道歉，直呼孩子不懂事。谁知道两个孩子立马气鼓鼓的，两个小脸通红，红到耳后根。他们觉得自己并没有做错什么事，不应该道歉，而且两个人一起摆脱大人的束缚，齐声朝天上的鱼缸喊：“鲤鱼跃完龙门之后就会变成金龙！”

这一下就比较有意思了，所有的人脸色都在变，但是似乎有一个统一的点：高人一等。就是觉得自己懂得多一些，作为成熟的成年人对待这件事有更加清楚的认知，更加理性的判断，然后做出了最合理的处理。孩子，未成年人，一无所知罢了，是领略不到生活的无可奈何的。这种高人一等的感觉，不由得让在场所有的成年人轻哼一声，随即都沉默，不再讲话。成熟的大人不会和孩子争辩。

“赶紧将孩子放下来！赶紧送往医院！”

朝着声音传出来的方向望去，在场所有人的目光都往后，他们转过头，不再盯那高高在上的鱼缸。声音的发出者是一个身穿袍衣的奇怪男子，长发纶巾。少焉，河内水光接天，一人之所来，万顷之茫然。真的就是这样的画面：浩浩乎如凭虚御风，而不知其所止，飘飘乎如遗世而独立，羽化而登仙。而瘦弱的晏矶道看到自己的好友黄庭间来了，赶紧跑过去与其相接。晏矶道他丝毫不在意黄庭间身后的那般美景，他只知道黄庭间现在的状态极其差，黑眼圈很深，而且是为了自己才这般憔悴。这才刚睡下，才过了这么会工夫又剧烈运动跑来，伴随大声呼叫，身体一定会吃不消。

晏矶道连忙说：“鲁执你快停下来！”

黄庭间着急到直跺脚，回话：“你赶紧将孩子放下来，赶紧送往医院。”

脚用力跺在草坪上居然发不出一点声响，力被消解了，只不过是挺拔的草尖儿被压着紧贴地面。晏矶道则又是铁青的脸色，他去过太多次医院了，还去医院干什么呢？已经是晚期了。黄庭间大叹一声：“我误了你的大事啊！赶紧赶紧把孩子放下来，赶紧赶紧去医院，我路上再讲给你听。”

晏矶道看到自己的挚友如此焦急且又懊恼的表情，他好像感觉到，只是隐约啊，隐约感觉到一点点的微小希望。医院代表了什么？医院代表着告知希望和告知绝望，说简单点，就是告知真相的地方。说起来也很奇怪，晏矶道把自己的儿子从鱼缸里又抱出来的时候，感觉像换了一个人。只是感觉，这世界上所有事都是靠感觉，他主观认为自己的儿子好像变得正常，可又说不上是哪里有变化。

人有逻辑，但有时候也没有逻辑，出现前后文矛盾和一瞬间有重大的转变，都是非常正常的情况。这是客观描述错综复杂的原因，因为根本无法解释行为动机。但是如果把这个人放在一群人当中，去描述一堆人的话，那么描述就会变得非常简单：吊车把在高空的鱼缸放回地面；湿漉漉的小孩被他父亲抱住；一个男人驾驶吊车收回长臂；一个男人把钢索取下来；一个男人独自一人收拾残局；湿漉漉的小孩坐在轮椅上被他父亲推动着走起来；所有人都在走路；已经有一些人加快脚步去奔跑；剩下的另外一群人仍在慢慢走；一部分人开始窃窃私语；一部分人开始用正常语调讲话；一群人在议论天气的变化；一群人在议论今天刚刚发生的事；凡是开口说话的人都哈哈大笑；笑声完毕的人都和来时一样自发性地回去。

车子后座上一男一女照顾着一个浑身湿漉漉的小孩，不停地用干毛巾给孩子擦拭身体，另外还准备好了一份干燥的衣物。女人已经在拾掇干衣服准备轮换，男人在擦拭身体的同时，冲着前面开车的另外一个男人讲话。

“鲁执，你知道当代的医术也解决不了所有的病痛。”

“唉，其实你打电话找我要鱼缸的前一天，范淳仁找到了我，他通过我想要联系你。”

“范淳仁，范重淹的儿子啊，他找我为什么要通过你？”

“这世界找我的名字远比找你的名字简单。”

“他找你说什么？”

“范爻夫说他看了一段视频，一个女人在医院里哭闹祈求医生给自己儿子做手术的视频，视频后面出现一个男人，一个叫晏矶道的男人。他是这个叫晏矶道的男人的粉丝，拜读过不少这个男人的著作。看到偶像受难，他想伸出援手。”

“说出来也不怕你笑话，当时小鑻实在是没有招了。不过你也知道我的性格，你替我感谢一下范淳仁，我是不会要他爻夫的帮助的。”

“小鑻？这里哪有小鑻什么事？我当然知道你的性格，如果你能接受别人的帮助的话，我是第一个就能给你的。我当时也是这么跟爻夫讲，可爻夫表示事情没有这么简单。范淳仁范爻夫正式接替了韩桅的位置，你二哥的儿子病情很蹊跷，可能并不是因为肺癌的缘故。等他调查到你二哥的住处，想去拜访并说起这件事的时候，发现你二哥一家连人带孩子都已经不见了。我当时没有理会，我是想着……唉，我没有顾及这么多，是我害了你！你一直说是你儿子，你的儿子晏羽，哎呀，我一想你又没儿子，哎，都怪我！”

“等一下等一下，你让我理一下思路。”

晏矶道不知道为什么对自己好友的这番话既熟悉又陌生，这一切好像都发生过，但他却又不记得为什么是这样发生的。

如果按照好友黄庭间说的话来理解，第一句话就是小鑋不在这里面，可小鑋一直都是陪在晏矶道身边的人。

随即说到晏矶道他的性格不肯接受别人的帮助，这条是真，这是对的。范淳仁是接替了韩桅的位置，原来韩桅退休下去以后新上来的人是他范爻夫淳仁。范淳仁又是他晏矶道的粉丝，说来也真是惭愧，晏矶道没想到自己居然在写作上还有追随者。范淳仁为了晏矶道还调查到了他二哥的住处，甚至一度去拜访，只不过发现连人带孩子不见了。这一段时间可能是晏矶道他二哥替他在四处张罗吊车。吊车这一类东西在没有高楼大厦的小地方确实很难找到，现在借到的这一辆还是跟建筑公司底下一个班组组长好说歹说才拿下。嘴巴都磨破，到最后还不肯配一个驾驶员。至于最后的那一句孩子不见了，可能那时候晏矶道一家人已经从医院回家，晏矶道他自己则是去和黄庭间碰头了。

晏羽病情也确实很蹊跷，和他父亲晏书的肺癌的晚期表现确实有一些不一样，难道真的不是因为肺癌引起的？如果真的不是，会不会有痊愈的可能？难道说范淳仁想要的帮他，就是帮助这个？这是真心实意的帮助。

最大的疑惑点，让晏矶道陷入沉思的是，为什么在这一句话里全是说二哥的儿子？这分明就是他晏矶道自己的儿子！

五

我父亲晏矶道无比诚恳地告诉我，把鱼弟弟们带回来需要三天时间，我答应他了，我等。

我很多次都坚持不住，我感觉我体内有一条长蛇在我肌肉骨骼间不停地来回穿梭，剧烈的疼痛还带有辛辣感。说白了，就像是巨大的蚯蚓在湿润的土里钻。空间是宽敞的，土地是柔软的，往哪钻都好钻。现在恨不得都钻成了蜂窝煤，全是孔洞。

这都怪当时身穿白色衣服的蛋，他们没有及时地将这条长蛇引出我体外，才使它留在我身体里。我当时就害怕这条长蛇在我身体里乱搞，蛇的身体冰冰凉如同冰冻的蟾蜍。毒蛇是有毒的，它或许在吃我身体里面的毒。吃饱喝足了却又找不到出口，便只能胡乱突围。搞得我筋疲力尽，只剩下疲惫。

真的，我只有闭上眼睛的那一刻，这条长蛇才稍微消停一点。我的心脏，源源不断的热量让蛇冰冷的身躯不敢太靠近，它怕被烫伤。我在迷迷瞪瞪的状态中，脑海里其实已经停止了思考。闭上眼睛的我感觉到我眼前有一片漆黑的领域，时间在这里面会更加寸步难行。时间进行如此缓慢，可疼痛却又如此剧烈。夜晚我也不敢睡觉，我承认我这段时间很想睡觉，但我知道我自己一旦昏睡过去后果很严重。有时候我也不知道自己在什么时候睡着了，醒来心里还庆幸我还能醒来。我还要守护我的承诺，等我父亲归来。

这次症状和之前的症状有所不同，之前的我只要失去知觉的时候就会看见一些从未看见的景象，平常无法见到的东西。可是我不知道现在过了几天，我没有任何这样的幻觉，我很清楚我的大脑最核心的部分运转正常。越正常我就越感心酸，我的人生太短了，没有什么东西刻在我骨子里。不过我人生就算是有遗憾也屈指可数，这个世界好像和我没有什么关联，我不像我的父亲晏矶道厚重，虽然我的父亲是个精神不太正常的人。

我出生在新旧世纪交替的年份，新不新旧不旧说的就是我。我身上还存着一些老的，却又掺和一些新的。这样的东西往往死不足惜，说实话，我也不是害怕死亡，我是害怕疼痛。这个疼痛剧烈急促，我感觉我体内有东西在疯长，原来生命的成长都是疼痛且剧烈。正常人有一个较长的时间维度去稀释这份难忍难耐，当时间被压缩，集中表现在一天或者是某一个时段，就成了病人。最要命的是如同机械的轮转一刻不停，这种疼痛就叫生不如死。

我心里总有三个想象：雪白冬天，激斗狼群，头脑虚空。

雅玲到冬天来找我，她喜欢，她开心地和我诉说。她说精灵是一个圣洁的发箍，总喜欢着落在头上。漫天的雪白不落地，纷纷扬扬如尘埃，伸手去接接不到，摸一摸头发又湿又暖。等一会冷了之后不知道会不会结成冰锥？那一根又一根的冰柱子就是发簪，束起头发展现美。积雪总是蓬松而又柔软的，这让雅玲一度怀疑是不是天上的云朵长胖了就掉落下来。可是我却告诉她，我不喜欢雪天。水管的出口都凝结出冰块，像是一条条爬出的冰蛇。这条蛇现在就在我身体内，我在一望无垠的草坪上撒尿。因为我中毒了，就是橙黄色。淋上去雪就融化，凹陷进去成不规则的奇形怪状，现实就是煞风景。

明科又来找我，他的手上拿着一块生肉，我一下就明白他是什么意思，示意已经不重要。但是他却非常认真，面前的狼群在争斗，他认定这是一场抢食大战。已经没有蘑菇了，世界上的蘑菇都被吃完，只剩下肉了。狼是远古的猛兽，会吃肉，庞然大物之间的斗争十有八九是围绕着食物。巨大的月亮光幕之下，会发现作战骁勇的居然是雌狼，发情期的雌狼总是这样凶猛，和食物无关。明科扔掉手里的生肉，所有东西都在和他作对似的，只要是他说出来的话总会有东西来佐证其错误，其实他又错了，他总是错，因为现实就是大相径庭。

我两个肩胛伤痕累累，我总是莫名其妙地要扛起一些或重或轻的东西。重量倒不是问题，这些东西它的形状特异。要是光滑的棍子之类条状物做成的担子，还可以接受。但是此刻这些带有重量的东西全都边角突出，甚至带着尖刺，深深地扎进我的肌肤，我的大脑里全是疼痛。干脆，如果没有头颅的话，是不是没有感知？我已经忍耐了煞风景和大相径庭，那么最后一步肯定就是被无理由要求坚持，所有的一切都告诉你坚持会胜利。我也相信，我相信坚持是会胜利的，但是我能清楚地感觉到我在欺骗自己。

人是要自我欺骗，我欺骗自己身处沙城，戴范阳笠，围绕纱布出现在黄沙边缘。远远望去，衣襟带子狂摆不停。可细细看来，斗篷里面空无一物。只是一件衣物在独领风采，衣服里面根本没有身躯支撑。现实就是徒有其表，荒诞的自我安慰。

我已经严重脱水，我的耳朵不停开合像是鱼鳃。我不懂这是什么原理，难道说这样也有利于呼吸吗？身体变得僵硬起来，万寒从脚起，时间不多了，我终于有一个清楚的概念，不到半个小时。身体里面的长蛇也不再扭动，似乎感受到我的生命垂危，再怎么挣脱也徒劳无功，它会和我一起死去。即便它浑身毒素，几乎无天敌。要是说起我最后这一刻有什么感受的话，那就是寒冷。

我好冷，周围一切都是滚烫的，原来是要提前烧一遍。原来送去大火炉里烧成灰之前，还要自己体内先行烧一遍。我希望我要成为一个什么蛋呢？我没想好，一定不要是白色。我想到属于我生命本来的颜色应该是黑色，我应该会变成一个黑色的四四方方的木头蛋。最好是云杉树，因为，对哦，为什么要是云杉树？难不成是要把那两根云杉树桩拆下来单独为我打造成这样一层保护壳？

我安静地躺着，耗尽最后的力气在贪婪呼吸氧气。我感觉到外面有人进来，好像是我父亲晏矶道，他看到他自己的儿子已经插上了氧气，我二伯父和祖母站在旁边，父亲刻意回避二伯父的眼神，可能他觉得祖母把所有的实情都告诉二伯父了。他猜测的没错，祖母这样做的时候我还听到了，两个人在房间里交流，听他们的语气，好像是有什么事瞒着我父亲。我父亲晏矶道进来，我二伯父眼里尽是责备，不过责备中透露出一丝无奈，我还看到了一丝不忍，不忍告诉我父亲真相。随即，我二伯父快速地出门，他要做他该做的事情了。我母亲小鞶想要接过我父亲晏矶道手里的活鱼桶，可也被父亲拒绝了，他单膝跪在地上，把活鱼桶拎起来做呈现的姿态，打开活鱼桶的盖子和我说话："儿子，能听到吗？"

我躺在自己的床上，还在吸氧气，我的头发全被剪了。头发和羽毛一样都长在身体之上，我的名字好像是说我必须有羽毛才配得上。但是没有关系，喜鹊、燕子、鹧鸪、乌鸦、白鹭、黄雀、灰鸽、斑鸠、八哥、翠鸟、灰喜鹊、白头翁、金丝雀、杜鹃鸟、啄木鸟、布谷鸟、画眉鸟、伯劳鸟，这十八种没有羽毛依旧被我承认，它们就是鸟。而且它们全部来了，我的十八个鱼弟弟一个不少全部都在。我被它们唤醒了，我听到了最熟悉的声音，去龙门。

祖母给我递来了一杯水。确实很渴，咕咚咕咚几杯水下肚之后，祖母还给我递了一个东西塞进我嘴里。我没嚼，囫囵吞枣般吃下，好像是飞机起飞之前的燃料，我浑身充满了力量。

到这，就到这里，我失去疼痛就像失去了自己。真的，我不知道接下来一段时间里我究竟做了什么，我说过什么话，做过什么表情，看到什么事，一概不知。你要是说我说了很多话，我做了很多表情，我看了很多东西，我相信你，你看得比我透彻。但我还是要强调一下，这些我都不知道。我只是迷迷瞪瞪感觉好像到了龙门，感觉还是和以前一样一览无余没有遮挡。

高耸的云杉树还是没有回来，它被神仙带走之后，就没有回来过。真是太可惜了，这场景里就缺一棵云杉树。

在我意识清醒的前一刻，我好像察觉到一堆死去的鱼都钻进了我的身体。这些鱼一个个很鼓胀，好像是海水鱼喝多了淡水，被水给呛死了。和在医院里输液一样，这一条条死鱼很顺利找到我之前打针的针孔，然后钻进我的身体。一条接一条，冲击感很足。我感受不到任何痛苦，更多的则是一份小心翼翼。我的脑子在这里好像猛一激灵：我的鱼弟弟们全死了！是它们要进入我的身体。原来之前医院里给我输送的东西是用来中和我体内的长蛇用的，鱼弟弟们在保护我。

那一条已经原本放弃抵抗的长蛇在接触到我体内死鱼的一瞬，立马就打起了精神，很害怕地逃窜，但是跑不掉，它太肥了。它吃了我体内很多东西，盘踞了我大半个身体，无处可逃，只能任由我的鱼弟弟们将它一点一点消解掉。身上的那鳞片一片一片脱落，鳞片？啊！我明白了，我一切都明白了，鱼弟弟们跨越龙门就成了金龙。金龙就是压制蛇的啊！鱼弟弟们根本就没有死，心甘情愿来保护我。

鱼弟弟们曾经告诉我，它们身上的鳞片就是为了保护它们身体的。倘若有一天它们成了龙，它们身上的鳞片就会变成金色。它们真的说到做到了，如今我和它们融为一体，可能我的真名是叫晏鱼。

正当我一点一点缓过来，鱼弟弟们在一点一点修复我身体的同时，我看到我父亲晏矶道他又发病了，他精神不正常起来。此时的我身穿病号服，手上还被戴了号码，躺在病床上。我的前方三个人：黄叔穿的是袍衣，我父亲居然又穿着他的褐衣，还有另外一个男人。这个男人圆领大袖，腰间束以革带，头上戴幞头，脚登皮靴。我父亲晏矶道几次想给他跪拜，目的当然是答谢。我说我父亲晏矶道精神不正常吧，现在这情况，我都快要死了，他居然满脸笑意。他平时在家都很少笑，很少对我笑，这个时候却又笑得格外开心，真有他的。想想也是，时间这才过去多久，他衣服由内而外全都换了，正常人谁会干这个事？他肯定还洗了一个香喷喷的澡。

此时此刻，他们三人相互对答如流。我隐约听到一些内容，好像是要将我父亲晏矶道写过的词整理出版，我黄叔还说他到时候一定要为我父亲的词作序。我能看到三个人情真意切，并不是那种所谓的朋友之间的推诿奉承，只不过从头到尾都置我不顾，让我心里顿感失落。

我父亲晏矶道开口说："爻夫，你干什么要给我垫医疗费？钱我一定会还你的。等我儿子晏羽先做完手术，再等我儿子平安回家，都安顿好了，我，我再来把钱给你。这地方待不得，要人命。”

这个圆领大袖的男人回答说：“这地方怎么待不得？先生，这是救你命的地方。别说这种话，这是人生的一种磨难，你大难不死，就一定有后福。”

我父亲晏矶道则是一脸嫌弃地说：“这地方不是我该待的地方。没钱，就只能等死了。我没死，可能这就是老天爷，不要我这个命。可怜我的宝贝儿子，我想让他在家里走，送回去吧……啊？”

我黄叔黄庭间看到我父亲的表情也是于心不忍，多次想开口，但是话到嘴边忍了下来。他总是想安抚我父亲晏矶道的心绪，不让我父亲过分激动，因为我父亲一旦激动就会胡言乱语。黄叔尝试着让我父亲晏矶道轻松一点，他说：“放心吧，你二哥的儿子会好起来的。”

这时候我又看到我父亲的脸，他好像是经历过重大火灾，被大火焚烧过。浑身上下，创伤算是愈合了，但是特别恐怖。他的皮肤一点都不紧致，全都是那种癞子，就和天上月亮中的癞蛤蟆一样麻麻癞癞的那种。不过在这一次火灾之中真正受伤的部位是脑子，看起来双手双脚都能动弹，没有断也没有残，是所有的不幸中唯一庆幸的事。他的精神很不正常，我承认我父亲的精神不太正常，我母亲老是在说这个事。我母亲多嘴多舌性格暴躁，说话戾气很重带着不好的情绪。

黄叔和圆领大袖的男人肯定是了解过这一方面的事情，我认真回想起他们和我父亲的对话，他们总是在顺着我父亲，怕的就是我父亲受到刺激。随后这个圆领大袖的男人又给了我父亲一笔钱，我父亲真的是得寸进尺，他对别人的馈赠都打心底开心。他特别乐意接受别人的帮助，哪怕是别人的施舍。别人不给，他哪怕去跪求都要得到。已经让这个圆领大袖的男人垫了医药费还不满足，无论说什么也要新的一笔钱，说是营养费之类的。

圆领大袖的男人笑着说："先生，晏先生，我也没多少钱了。"

我父亲立刻严肃起来，表明自己的态度："那不行，你不给钱，那我家怎么渡过难关？你不给钱我找谁解决麻烦？你多少还要给一笔。"

我父亲摆了一个臭脸，他那张脸已经算是恐怖了，说实话我从来没有发现我的父亲居然浑身上下疙疙瘩瘩。这些烧伤的疤痕痊愈了又如同卷曲的火焰一样，这是他受苦的证明。我父亲他已经受了很多苦难了，从苦难中他改变了自己，他就连说话都已经被苦难给影响了，变成一种让人难以理解的古文风格："爻夫！汝之情义叔宝能几何？望送佛送至西。"

我黄叔黄庭间也开始站在范淳仁这边，他是了解我父亲的为人的，他知道我父亲也真是精神不正常了，他说："淳仁啊，你的好意真的是太多了。从钱这方面来说，我也能提供帮助，你别有压力。我知道小山是个什么样的人，你已经联系了医学专家，你已经拯救了这个孩子，你对你偶像小山做得已经够多了，到这就行了。”

谁知道这个圆领大袖的男人又说：“两位，听我说完，先生是我的偶像，我找专家救孩子这件事，是我向先生示好。晏矶道，大名鼎鼎的天才！我钦佩万千。这些钱我肯定还要给，但是我没有现钱了。要不这样，我为先生出一本书如何？我想让先生的著作保留下来。

我父亲是有意将自己写过的一些东西保留下来的，因为他知道历史真假变换，人物来来往往，唯有著作才能够在永存这条道路上稍微挽留一点历史感的尊严。听到圆领大袖男人的解释，我父亲的心结瞬间打开，能占到便宜就会让他开心。

我黄叔黄庭间听到这，好像也是有什么东西通透了，看到我父亲脸色好转，他抢先一步说话：“这个书整理出来的时候，我一定要写序，小山啊，你这个不能拒绝我，我一定要给你作序，一定要。”

我父亲顿时高兴了，开心地点头表示可以，随即又说：“吾欲以白话作一篇小说留于世，此亦是吾之心血，请诸君一视之。”

我看到我黄叔黄庭间和圆领大袖男人的眼神里写满了不愿，他们好像对此并不认同，甚至在他们的观念中都没有小说的观念。我想他们肯定认为我父亲情到深处，又在胡言乱语。只不过没有明面表示出来，两个人默不作声地点头，若有所思。我也不愿，这从头到尾应该都是围绕着我呀，我才是唯一主角啊，众星拱月，难道不就是为了突出我吗？在我最垂危的时候，受到的居然是冷处理，这让我很不舒服。

将我胸腔里确认有肿瘤的地方开一个小口，然后又要切割一小块长出来的息肉以便腾开空间。等真的切开这片肺癌区域打开构造时，翻开我的胸膛，医生们诧异地发现：下面居然长着很多针状的绿色树叶！

医生认认真真将这个东西和我身体一点点剥离，很小心，朝助手表示有很多细丝将我的肝脏勾连在了一起，力气稍微大了一点都会损害我的五脏六腑。手术历时三个小时，我身上居然逐渐回温，医生也是这样，我看见助手已经第八次替他擦汗了。战斗进行到最后一刻，他终于完完整整地将我体内那个东西抽离出来。

在手术室的所有人定眼认真一看：这竟然是一棵长约五厘米的云杉小树苗！

那位为我操刀这么长时间的医生与我对视，他朝我眨了三次眼，我也朝他眨了三次眼，表示看到了这和树苗一样的异物。树的根部还有很多血，根部本来是连接到了我的五脏六腑的，医生了不起，他没有伤害我分毫地将其拿出，并且还保证了树根的完整性。紧接着他又叫来助手，还是不敢相信，尽管一切已经盖棺定论了，他还是要把这棵云杉树放到亮灯下面以便瞧个究竟。他在猜想：是不是这一棵五厘米长的云杉树的针状树叶，在生长的过程中总是戳着我肺部的毛细血管，导致我经常吐血，身体失去大量血后日渐消瘦。我想到之前对于我的治疗也都是在血上，我觉得大夫所言极是。而且我能深深感触到痛苦和悲伤，云杉树苗在生长的过程中承载的全都是我的悲痛，它是要吸食我体内的精血的。

我明白了，天上的神仙也会犯错！他们为了弥补过错，把他们带走的云杉树放在我身体里。他们想让我去弥补他们的过错，才将这个树种在我身体里，我就像怀孕一般。我孕育了这棵生命，我一直都明白母亲是最伟大的。

医生在交流之间又推断："可能是在不经意间吸入了一粒种子，种子随即在患者的肺部生根抽芽。"

听到他的描述我当场就打了一个喷嚏。

然后，又打了一个喷嚏。

我想到了一些很奇怪的东西，我最后还打了一个喷嚏。

在我的印象中，我向医生要了这一棵云杉树，他们表示这很有研究价值，不给。而我说我就是一棵云杉树，我注定是要种在沙河龙门，河边就是缺这样的一棵云杉树，这是神仙的补偿。

一连三天，大雨滂沱。

从另外一个层面上来讲，我觉得这一棵云杉树苗像我的儿子，作为儿子的我居然也有儿子了。身份的转变让我还是有点不适应，我在树苗面前就是我父亲在我面前的模样，尽管我父亲没有在我的童年时期留下好印象。我不能像他一样，那我该怎样成为一位好父亲？参照历史的话，历史只会留下来某一瞬间的育人的小故事，从来不会详细讲述一位父亲和儿子一起的成长，我只能在历史的空白处填上我的想象。

我父亲现在倒是很配合我，风季过后是雨季，我和他就是等在雨最大最像瓢泼的那一天。这和神仙偷走云杉树的一天是吻合的，也只有这样的雨才能阻挡人的视线，能够让一棵巨大的云杉树神不知鬼不觉的凭空消失。我故意让我父亲和我一样，我不打伞，他也不打，我不想让别人通过伞的遮蔽注意到我们。我想让人们沉浸在自以为是的认知之中。

在河边，找到我认为生长云杉树的那个地方，我父亲就为我刨开一个坑。他很瘦弱，身上皮肤是被火焰灼伤的，此刻这么一个洞已经费了他很大的劲。这也费劲？当然了，草坪那么厚，草根那么错综复杂，挖出一个完整的大空间当然需要花大力气。我把从医生那里要来的五厘米长的云杉树苗放在这足足有一米宽一米深的大洞面前，我指挥着，让我父亲填土，又将这个一米宽一米深的大洞填上，最后把小树苗植于此。

回家之后，我倒头就睡。可我父亲他连把身子擦干的时间也不想占用，他忙于伏案写作，现在正在写的是他的自序：疏原往者，浮沉酒中，病世之歌词不足以析醒解愠，试续南部诸贤绪馀，作五、七字语，期以自娱。不独叙其所怀，兼写一时杯酒间见闻、所同游者意中事。尝思感物之情，古今不易，窃以谓篇中之意。昔人所不遗，第于今无传尔。故今所制，通以“补亡”名之。昔之狂篇醉句与两家歌儿酒使俱流传于人间，邮传滋多，积有串易。七月己巳，为高平公缀缉成编。追惟往昔过从饮酒之人，或垄木已长，或病不偶。考其篇中所记悲欢离合之事，如幻、如电、如昨梦前尘，但能掩卷怃然，感光阴之易迁，叹境缘之无实也。

可是当我醒来，这一切好像并不是这么一回事，我仍然躺在病床上。医生手里拿着一堆单子，对照着手上的一张表格跟我核对信息，在读到我监护人名字时，纸上赫然写了三个字：晏承寓！

这是我二伯父的名字，我二伯父叫晏承寓。怎么会这样？但仔细想来，我好像一直都在掩盖我二伯父的姓名，我好像从头到尾都在刻意隐藏这个名字。

这个名字确实可有可无，说了又如何，不说又如何，人的名字都只是一个代号。但他为什么出现在我父亲这一栏？这表明我和他有血缘关系。我的母亲为什么是张氏而不是小鞶？还有我为什么不叫晏羽？我怎么无名无姓啊？我到底是谁？

这一切都好像是密封在玻璃盒子里面的云杉树苗，自己野蛮生长，却又不能和外面加以接触。这样被框起来不能被手把玩的云杉树，它仅有的成长条件是室内的空气，以及人给予的水和养分，这辈子会不会见到太阳都是一个问题。我是想说，它存在的意义从来就不是生长壮大，而是供人研究。小小的云杉树苗怎样才能在人的体内，在这样一个不透光、不透气的恶劣环境里，靠吸食人的精血而活？而且生长出来和常态无异，针叶还带绿。

这一定是生活中浓厚的一笔，甚至可能被当作历史到处流传。往往这种趣闻小事比写文立传的东西，更容易让人接受，甚至是越夸张就越让人信以为真。非要逐本追源的话，一切都经不起推敲，根本就没有点让其立稳从而发散展开。虚构是虚构的，真实是真实的，我想要的只是一个答案，究竟怎样才会被留下来？

很长一段时间，我都活在自我怀疑之中，我对那棵云杉树丧失了所有的兴趣。没劲和厌倦成了我的常态，这棵云杉树到底有没有被我种在沙河边，说实话，我不知道。它去哪了我也不知道，它去哪我也根本不在乎。管他外面是什么天气，管他是什么风景，管他为什么这样为什么那样，哪个是真哪个是假，这一切都和我无关。你是谁，我是谁，他是谁，都不太重要。真和假的界限在我这里如此清楚，又如此模糊。我甚至一度怀疑这一切是不是我的梦，从开头到现在，我好像从残存的一点到彻底消亡殆尽，我指的是我年纪好像在无形中慢慢变化。不光如此，我到这里的说话方式、思考方法和我在前面的表现严重不符合。我摆脱了前面差不多六岁的小孩人物设定，现在靠向一个在社会上混了一圈的成年人的思维了。不是说人成熟了，但一定就是我和前文苦心勾勒的各类形象，相矛盾了。

这也不是什么问题，也不是多大的事，最重要的是我这个笔我拿不稳。我写着写着自觉吃力，长时间的不著文，外加跳跃的年代一多，横跨了一千年，我现在无从下笔。

相比我的好朋友黄庭间，他已然是举国闻名的书法家了。他的书法瘦劲有力，笔圆生动，文章也名传天下。我是为我朋友黄庭间开心，但也暗暗嘲笑了一下自己。嘲笑不代表放弃，我觉得挫败但仍在坚持。一点一滴写下来，在即将离开这个时代之前，我以晏矶道的身份完成了我的这篇长篇小说创作。我现在怎么又成了晏矶道？我又在以晏矶道的口吻来讲述，在某种程度上说我是不配的。不过我又想到，一切终究是留不下来的，我是谁，不是谁，都不重要。重要的还是想象力，想象力是可以被留下来的，看着我眼前的这篇小说，往事被我写在文档里一页一页翻过。

这个故事倾注了我的想象力，也算是我的心血，我已经心满意足了。最后结尾我再做一个陈述总结，为我这一篇小说的收尾写一个序言：

我儿子姓晏名羽，小名小鱼儿，是我和小颦爱的结晶。早年自己不注意调养身体，整日酗酒无所事事，让我的儿子降生于世时已然先天性智力障碍。我一度想方法去弥补自己的亏欠，我想让我的儿子快快乐乐生活，不要有烦恼。但是屋漏偏逢连夜雨，我没有办法给他足够好的经济条件，我儿子又在此时被查出胸内有恶性肿瘤。那一刻，我坚持不下去了，我真的不想苟活于世。好在，我的爱妻小颦她让我重新振作，我也下定决心一定要在我儿子的弥留之际完成他最后的心愿。然后我很感谢上苍，上天给了每个人足够多的幸运，我想我也是幸运的，我的儿子被误诊但又及时送诊，最终并无大碍。

借此，我也想记录这一段神奇的旅程。我之前写过很多诗词，可我的儿子他不喜欢诗词，只喜欢白话文。我儿子他的小脑袋瓜子里有很多奇思妙想，有时候连我也惊呼感叹。在我眼里我儿子从来就不是一个智力患者，他的精神很正常，他就是一个鬼才。很多平常人都能理解通透的事，在他的小脑袋里，有另外的自己的独特见解。

这篇小说，就是我用他的奇妙视角写成的一篇白话文小说。我的前半生，写出了静寂无声，写出了风花雪月，在梦境和离别中对于晕眩惑乱我也给予过肯定。可如今到了这个年纪，我仍然不解，那些频频触礁濒临搁浅却死命支撑着自己家的其他人，他们，他们是怎么坚持下来的？坚持是一个永恒的话题，在他们垮掉之前，是不断向外求援助吗？还是靠自身骨头？我想写的就是这个，我想要一个完整的自己的家。明明每个人都明白人生是永不回头，可以误入歧途，可以倾斜角度，可以直角拐弯，却都想再回头重来一遍。我也无数次想再来一遍，现实治好了我的瘾症，胆怯仍时刻控制我的行为。晚上自己一个人躺在床上时，居然也会忍不住流泪。我从不轻易流泪，可是悲伤的情绪充斥在我身上每一处，无处躲藏的我用妄想去填补这一阵不如意，纪念这一场本该不属于我的旅行，我越写情绪越涌上来，我已经眼泪汪汪了，终于懂了一件事：

有故事的人未必快乐。

我根本不喜欢创作。

我不喜欢当作家。

我只是生怕我的家庭会一个不小心成为虚无缥缈的临

江仙。

至此，一位父亲的自序。

按照之前我和黄庭间还有范淳仁的约定，我把我的第一本词集和我的这部长篇小说都交托给黄庭间，我希望他能为我两部著作都作一个序。

而那一边的黄庭间在看完我的两篇自序以后，百感交集。他先是毫不犹豫地在我的词集自序中添上被我刻意删减隐去的人和事，只展现部分原文可不对，他黄庭间的序一定就得直接原文奉上。然后又在我白话文小说的序言中添上一句：当时明月在，曾照彩云归。

在黄庭间的眼里，他的挚友已经分不清现实和虚假，我在边缘处徘徊太久了。黄庭间心想：小山真是不疯魔不成活，他已经完全沉醉在自己的世界里无法自拔。不知道病情发展得怎么样，估计已经步入膏肓了。他从头到尾都将小鞶视为自己唯一的伴侣，可他真正的老婆是一个嫌弃他整日无所事事的人。小鞶再怎么也不会成他的结发妻子，这和之前来找我的小莲她们一样，只不过是过客而已。多情的云间晏公子啊，爱的人太多，他似乎还没察觉小鞶她们已经在茫茫人海中沉溺，更谈不上和他有一个爱的儿子。小山一直寄宿在他二哥家，二嫂张氏对他还不错，他和自己的侄子感情很深。在自己的侄子因一点小事进医院的时候甚至大发雷霆，他怪自己没有做好叔叔的责任。晏羽，倒是一个好名字。可惜呀，他的儿子如果真的叫这个名字继承了他的才气的话，也许说不定还真是一个鬼才。我也是搞不明白，用他儿子视角写的白话文小说，哪比得上他的词集？这个长篇故事似乎都合情合理，但从小山的词集里就能看出他很容易入梦，或许是因为身体孱弱导致睡眠质量不好，梦境又太过真实，才让他乱言乱语写出这么一篇东西。

黄庭间这时他才真正明白，痴啊，原来是痴病，是痴狂的痴。这一类病最容易治了，黄庭间为我过分担心了，残酷的现实会让这个痴病彻底痊愈。这个过程当然是疼痛的，就看我能不能忍住，能够挺过来病就痊愈，挺不过来就病发身亡。或许写小说就是我晏矶道在现实中找到的自己的解救之法，我会在小说里创造出一个不会中毒的环境，一个纯真无邪的梦幻世界。

很可惜，黄庭间对此并不感兴趣，这样的东西有什么意义，痴人的瘾症不过是过眼云烟。相对于词集，拜读自己好朋友昔日文采斐然肆意挥洒之词，黄庭间更要虔诚且认真，越看越喜欢。他将这两个手抄本同时拿在手里，左右比照了一下，犹豫片刻，还是将那篇白话文的手抄本丢在桌上，他决定要好好看重自己兄弟晏矶道的《小山词》，把这个当成历史的遗迹。哦，不，已经是了，晏矶道的《小山词》已经是繁荣词坛的一颗明珠。倏忽之间也灵感乍现，拿起笔著文，文章一气呵成，也完成了当初他对我的承诺，作序一篇，原文奉上：

晏疏原，临淄公之暮子也。磊隗权奇，疏于顾忌，文章翰墨，自立规摹，常欲轩轾人，而不受世之轻重。诸公虽称爱之，而又以小谨望之，遂陆沉于下位。平生潜心六艺，玩思百家，持论甚高，未尝以沽世。余尝怪而问焉。曰："我盘跚勃窣，犹获罪于诸公，愤而吐之，是唾人面也。"乃独嬉弄于乐府之余，而寓以诗人之句法，清壮顿挫，能动摇人心。士大夫传之，以为有临淄之风耳，罕能味其言也。余尝论：疏原，固人英也，其痴亦自绝人。爱疏原者，皆愠而问其目。曰："仕宦连蹇，而不能一傍贵人之门，是一痴也。论文自有体，不肯一作新进士语，此又一痴也。费资千百万，家人寒饥，而面有孺子之色，此又一痴也。人百负之而不恨，己信人，终不疑其欺己，此又一痴也。"乃共以为然。虽若此，至其乐府，可谓狎邪之大雅，豪士之鼓吹，其合者高唐、洛神之流，其下者岂减桃叶、团扇哉？余少时间作乐府，以使酒玩世。道人法秀独罪余以笔墨劝淫，于我法中当下犁舌之狱，特未见疏原之作也。虽然，彼富贵得意，室有倩盼惠女，而主人好文，必当市致千金，家求善本。曰：独不得与疏原同时耶！若乃妙年美士，近知酒色之虞；苦节臞儒，晚悟裙裾之乐，鼓之舞之，使宴安鸩毒而不悔，是则疏原之罪也哉？

山古道人序。

年过古稀的我做梦也预料不到，最懂我的人终究不懂我，而历史所呈现的事件和时间会因为时代变更而改变。未来的发展和创造挽救不了已经埋没的文字和讯息，我的儿子和白话文小说只存在于远古恐龙时代。毕竟，再过一个或很多个时代谈论起来，毁灭以及灭绝至少曾经存在过，比起不被承认的否定，要好听得多。